JN134240

みんなの現代詩

中原道夫

東方社

みんなの現代詩＊目次

みんなの現代詩

中原道夫

浅野徹

生きることの切なさ

M・リルケは「悲しみを浪費するな」と言っているが、浅野徹は悲しみを手毬にし込んだ人だった。生きることの切なさをいやというほど味わった人だった。泣きべそを掻きながら、それでも悲しみを友だちにして生きるより仕方のない詩人であった。

末期腎不全になって
二十五年間も　生きてきた
勤務先では通院治療で早退しても減給されない
きつい力仕事もまぬがれる
無理がきかないので遊びに出歩かない
たいして小遣いがいらないのに
障害者年金が支給されて

丈夫な体だったら　性格の不一致で
きっと別れた妻とも　永続きしているし
難しい年ごろの息子や娘たちは
まっすぐに育っているようだ

貯金もそこそこ貯まって
気が遠くなるほど長期の住宅ローンで
人並みに家を建てることができた

とは　もう
待つだけだ

（いいことずくめ）

この詩は、詩集『夜の来訪者』の中にある作品であるが、なんと悲しく切ないアイロニーだろう。「二十五年間も」の「も」の中には、人工透析によって生きてきた、いや生かされてきた浅野の口惜しい思いが切ないほどに伝わってくる。「減給されない」「障害者年金が支給される」悲しみを、逆手にとって訴える心情は、涙をさそうばかりにぼくらの心に迫ってくる。一見するとこの詩は、ただ自分の生活を記録した作品にしか見えないが、その裏側に隠れた健康でない人間の心の痛み、苦しみがじわじわっと伝わってくる。傷ついた精神が、対象から自己を切り離し、一定の距離を確保しようとするとき生まれる矛盾に満ちた表現である。浅野は自分の切ない境涯を、逆に茶化して書くことにより、自分の切ない心情を訴えているのだ。死を背負って生きてきた浅野のペーソスに満ちた叫びだと言ってよいだろう。浅野はこんな作品も書いている。

嫁ぐ日まで十数年――／娘よ／約束したわけではないから／赦してくれるだろうね／
おまえの記念すべき日／父のわたしが　付き添って／あげられなくなったとしても

（落日の二人）

この作品は、当時小学校に入学する娘と、赤くただれた空を見ているときに生まれた作品であるが、娘の成長と同時に、死に向かって歩く己の侘しさがたんたんと描かれている。「詩は直情的であってはならない」という詩人も少なくないが、浅野の詩が読む者の胸にぐさりと突き刺さってくるのは、彼自身の境涯や悲痛から生まれた真実の言葉によって詩が作られているからであろう。

新沢まや

心を揺り動かされる感性

詩は感性の為せるものだと言われているが、近頃、独善的な言葉の遊戯に詩が堕して、感性で心を揺り動かされるような作品は少なくなった。が、先日、読んだ新沢まやという若い詩人の『心音』という詩集は、感性そのものが詩であった。

寂しさ並べた
暗がりに
橙色がよく映えて

拾い上げずに
眺めていたい

月の零した
落し物

（落し物）

孤独な少女が「月の雫を拾い上げずに眺めていたい」というこの感性には驚くばかりである。

しとしと
さわさわ
耳を澄ませば
すぐ分かる

今夜は雨に違いない

ぼんやり雨戸に
近寄れば

外の天気は
晴れではないか！

風と葉
こすれて
小雨を奏で
濡れずの雫を
落としたようで

（夕立）

金子みすゞを彷彿とさせるような感性であるが、新沢はこんな作品も書いている。

見覚えのない
孤独な夜を
少女が歩く

水溜りには

灯りが浮かび
余計に寂しい
ひとりの旅路

優しく流れた
風は立ち去り

肌に張り付く
心が痛い

無垢な呼吸は
ほとんど消え果て

生まれてしまう
少女の孤独

（初夜）

「初夜」とは新婚夫婦として最初に迎える夜のことであり、男と女にとって、新しい人生の出発であるが、新沢はそれよりも少女であることの喪失を感知したのだ。高校一年のとき、恋をしていた男の子とそのことで別れたと言う。

新沢は「ねぇ」という作品の中で「始めがあるとすれば／その言葉から／／終わりがあるとしたら／やはりその言葉から」と言っている。「ねぇ」で始まる恋も、結局「ねぇ」で終わるのだ。

石垣りん

生活の中から生まれる言葉

石垣りんの詩は、生活の中から生まれた詩であると言われているが、それが、だれしもの心に響き、伝わってくるのは、詩そのものが石垣の生き方そのものであるからであろう。

自分の住むところには
自分で表札を出すにかぎる。

自分の寝泊りする場所に
他人がかけてくれる表札は
いつもろくなことはない。

病院へ入院したら

病室の名札には石垣りん様と
様が付いた。

旅館に泊っても
旅館の外に名前は出ないが
やがて焼場の罐《かま》にはいると
とじた扉の上に
石垣りん殿と札が下がるだろう
そのとき私がこばめるか？

様も
殿も
付いてはいけない、

自分の住む所には
自分の手で表札をかけるに限る。

（表札）

精神の在り場所も
ハタから表札をかけられてはならない
石垣りん
それでよい。

石垣は四歳のとき、母親を亡くし、その次の母も、またその次の母も死亡するという境涯に育っている。そのことについて、里方の祖母は「母親のないのが、お前のビンボウ」と言って、さみしく笑ったそうだが、石垣はそれについて「その貧乏がもたらした、もろもろの情感は、まけ惜しみではありますが、私にとって、充分豊富なものでした」と応えている。世間一般の論理で言えば、負の体験なのだろうが、石垣はそれを、当時の女性としては稀少な、精神の自立に変貌させているのだ。

石垣は、早く社会に出て、働き、そこで得たお金によって、自分のしたいことをしたい、と思い高等小学校二年を出ると、すぐに日本興業銀行に入社した。数え年十五歳のときである。そして、まず思ったことは、エラクならないですむから、男でなくてよかったと子供心に思ったことだと言う。

他人のつける表札とは、肩書きであったり、身分を表すことをいうのだろうが、少しもエラクなりたいとは思わない人間に、他人のつける表札なんて不必要なのだ。

石垣は、第二次世界大戦後、女性が解放され、男女同権が唱えられると、職場の組合新聞に一編の詩を書いた。それが、石垣を詩壇に登場させた『私の前にある鍋とお釜と燃える火と』である。その中で石垣は歌っている。「炊事が奇しくも分けられた／女の役目であったのは／不幸なこととは思われない」と。そして、女性が立ち遅れていたとしても、遅くはないから、「お芋や肉を料理するように／深い思いをこめて／政治や経済や文学も勉強しよう」と、呼びかけている。それは、個としての生きる悦びであり、女性としての生きる喜びでもあるが、実は人間の精神の基底を歌っているのだと言ってよいだろう。

石川逸子

真摯に現実と対峙する

いま、この混沌とした世の中で、詩人が何をすべきかが問われているが、真摯に現実に対峙して、活躍している詩人と言えば石川逸子をおいてはないだろう。石川には数々の詩集があるが、詩集『千鳥ヶ淵へ行きましたか』は劇団民芸で上演されて多くの人の知るところである。岩波ジュニア新書の『日本軍「慰安婦」にされた少女たち』も大きな話題を呼んだ著書である。

ところで、十二月八日は、日本が太平洋戦争に突入した日であるが、その結果三一〇万人の尊い同胞の命を失い、二〇〇〇万人に及ぶ他国の人の命を奪ったことを忘れてはならない。だが、いまわが国は、憲法九条をないがしろにした「秘密保護法」「集団的自衛権行使容認」の閣議決定と、かつての日本が歩いた道を再び歩いているようにしか思われない。そんなとき、正しい歴史認識のもとに多くの人に呼びかけるように、土曜美術社出版販売から『新編石川逸子詩集』が上梓されたことは、たいへん意義の深いことである。

いままた　すぐ近くで
おそろしいことが起きていて
私たち　知らないでいるのではないでしょうか

もしかして　遠くのことほど
速く伝わる
この国で

（遅く）

　また、この作品の最終行で石川は、「私たちには　耳がなかったのです」と言っているが、真実を聞く耳、真実を視る眼を持つことによってこそ、平和と幸せは保たれるものなのだ。

千鳥ヶ淵は小ぢんまりしたものです
死者の占める場所は僅か
三十二万一千六百三十二体のかつて人間だった骨は
地下室の壷のなかにおしこめられています

六室に分けられた壷のなかに
「大君のために」強盗の戦争に出かけ
撃たれ　千切れ　飢え　病み
一片の骨となった　あなた方がいます

「軍人軍属のみならず戦闘に参加した一般人のものも含まれており
いずれも氏名の判明しないものであります」
名がなければ
一枚の赤紙で狩られることもなかったろう
名があったから
父を失い弟妹を養う長男でも
田の草を取りかけていても
フランス語を学びはじめていても
容赦なく　兵にされたのだ

大君にとって　国にとって
生きている間はなにがなんでも必要で

骨になったら　名も求められない
かなしい　あなたたちよ

（名のない人たち　後半）

この詩集の解説の中で、詩人の佐川亜紀は「歴史の暗部を見つめることは、創造的未来を作り出すことだ。日本が平和思想を堅持し豊かな文化を築き、アジアおよび世界と友好を結び、多くの生命が生きていくために、石川逸子の詩は地球の傷と水脈を巡り続ける」と言っている。

詩集の最後の作品で石川はこう書いている。

さみしくなったら
ちょっと寄ってみませんか

爆弾と地雷だけはない
世界のそこここにひっそり隠れている
独裁者だって　どうしてもこわせない
詩の庭へ　と。

（詩の庭　後半）

石原　武

暗部を内部で捉える

詩人・英文学者・翻訳家・文教大学名誉教授の肩書きを持つ石原武は、かつて埼玉文学賞の選考委員や埼玉詩欄の選者でお馴染みの学究の徒である。彼はその語学力とその広い知識を活かし、翻訳、通訳として数々の世界詩人会議、アジア詩人会議などに貢献したが、石原の文学の本質は、いま流行りの薄っぺらなグローバリズムにあるのではない。むしろそれは逆で、彼は真摯に現実に対峙するマイノリティの文学に、その本質を見ている。

「世界の詩であろうとすれば、一層地方的でなければならない。シェクスピアが私らと同時代的に世界に生きえているのは、彼の詩や劇が、イギリスという片田舎で人間の泥臭い悲喜劇を度肝を抜くスケールで演じきっているからである」

と、石原は言っているが、彼の文学は現代の暗部を己の内部で捉える実存的認識によって、成立させている。

石原には数多くの詩集、評論、翻訳があるが、そのどれにもいわゆる学者特有の観念で書かれた作品はほとんどない。次の作品は、一九六六年に詩誌「日本未来派」に発表した連作『軍港』の中の作品である。

あの空の一隅がとくに暗いが
なんだと妻がたずねる
あの辺は外海で天気が崩れる時は
きまって闇がその方位に集まるのだ
と僕が答える

軍港の路地をよろめいて来た
黒人兵が
掌をさしだして握手してほしいという
熱く激しく臭う皮膚をしばらく僕に
預けたまま

GIRL, GIRL I WANT……

豪雨は夜半になってやって来た
鳥をくわえた猫が路地をよぎった

（黒人兵）

戦後の横須賀を描いたものだが、実像に迫るリアリズムがある。一方、これは哀しく恥ずかしいことだが、敗戦後少年だったぼくが、最初に覚えた英語は Give me chocolate だった。ジープから投げ捨てられるチョコレートやガムをぼくら敗戦国日本の少年たちは挙って拾った。ぼくはこの石原の作品を読んだとき、この異質の二つの英語がなぜか、同質のものに思えてならなかった。戦争は勝者にとっても敗者にとっても悲しいものなのだ。石原はその暗澹たるものを、独特の無駄のない言葉で描いている。

この作品は、石原の代表作であるだけでなく、戦後の暗く悲しい時代を象徴する実存的抒情詩と言ってよいだろう。

茨木のり子

ドラマ性の発想

多くの人に読まれ、いまや国民的詩人とまで言われている茨木のり子の詩業は、一九四九年、所沢市の旧家である斉藤家の離れで、新婚生活と共に始まった。川崎洋に声を掛けられ、詩誌「櫂」の発行所となったのもこの離れである。斉藤家は明治天皇がお泊りになったという町の名家であるが、ここの息子が小学校の同級生であったため、ぼくは木戸御免で、ときどき裏木戸から茨木宅を訪ねていた。

茨木の処女詩集『対話』の中には、所沢での体験の中から生まれたこんな作品がある。

路上　何か問いそうな黒人兵のしぐさ

気がつくと

眼にもとまらぬ迅さで私は能面をつけ

あなたの質問を遮断していた
澄んだ瞳にありありとのぼる哀愁……
すれちがったあと　私の胸に
やみくもに湧く　さびしさの雲霧

（行きずりの黒いエトランゼ――前半の部分）

茨木の作品が多くの人に読まれているのは、観念で書かれたものでなく現実に対峙し、そこで得た体験を、自己の内部で変転させ、それを言葉に置き換え、外部世界（読者）へ届けているからであろう。当時、基地の町所沢には、黒人兵による犯罪が少なくはなかった。それは黒人兵すべてではなかったが、戦勝国である黒人兵に浴びせられる揶揄や罵倒は多かった。「もしかしたら／あなたには何のかかわりもないそれらが／／あなたにちいさな哀しみを与えてしまったものだ」と茨木は言う。一般的に批評とか、批判というものは、〝知〟でなされるものだが、茨木の場合、それが〝情〟から生まれているところに瞠目したい。茨木は他者の哀しみを、自分のものとして感じているのだ。

わたしが一番きれいだったとき
街々はがらがら崩れていって
とんでもないところから
青空なんかが見えたりした

わたしが一番きれいだったとき
まわりの人達が沢山死んだ
工場で　海で　名もない島で
わたしはおしゃれのきっかけを落としてしまった

わたしが一番きれいだったとき
だれもやさしい贈物を捧げてくれなかった
男たちは挙手の礼しか知らなくて
きれいな眼差だけを残し皆発っていった

（わたしが一番きれいだったとき——前半の部分）

この戦中を書いた作品の中でも、茨木は自分の青春の体験を描くことによって、あの忌まわしい戦争を静かに批判している。木下順二は、茨木の作品について「ドラマ性の発想」をあげているが、どだい、ドラマは現実の生活の中から生まれるものであるが、あくまでも非現実の世界である。しかもドラマは舞台と観客が一つになって創られるものである。茨木の詩が多くの読者を持っているのは、作品が、作者と読者との共存の上に成り立っているからだろう。

内田武司

日常の中から

現代詩が一般読者から離れ、難解・無縁・独善というような言葉で呼ばれるようになったのはいつ頃からだろう。かつて吉本隆明は、思潮社の「新しい詩人」シリーズなど三十冊を読んだ感想を朝日新聞に書いていたが、「持てる教養や知識を精いっぱい使い、難しい言葉で難しいことを言っているが、詩の表現になっていない詩」がほとんどで、「おれは何か勘違いしているのではないか」と自分の目を疑う瞬間もあったとのことである。第二次世界大戦後、怒涛のごとく押し寄せてきたモダニズムの亡霊によって生じた『現代詩』というエピゴーネンで詩が書かれているというのが現状だろう。これは現代詩と言っていいかどうか分からないが、柴田トヨさんという百歳の老婆の詩集が一六〇万部も売れたのはその反動であると言ってもいいだろう。詩は自己の感動を他者に伝えるために書くものであるという根源的なものが、いま、なおざりにされているからだ。

建築家の伊東豊雄氏は東日本大震災復興の仮設住宅の建設にあたり、その設計（構想）が「自分の中にあるのではなく、自分の外にあるものだ」と言って、被災者の共感や共存が生まれる空間を出来るだけ考慮して、仮設住宅建設に携わり、大きな評価を得ている。詩もまた詩人の独善ではなく、感動を読者とともに享受するということが大切なのではないか。

次に挙げる作品は内田武司というほとんど無名に等しい詩人の処女詩集から採った作品であるが、現代社会の盲点ともいうべき罠を、巧みに表現している。

停電になれば
電車が止まり
人工呼吸器が止まり
人が死ぬかも知れません
「原発は必要ですか」

原発と停電は同じでないのに
聞かれたら答えてしまいます
「必要です」

新聞やテレビの
世論調査とは
こんなものです

「世論調査」という作品の後半の部分であるが、日常の中に隠された真実をなんとはない日常語で掘り起こしている。もちろん詩は社会でもなければ思想でもない。けれど、詩がモダニズムの亡霊によって創られたオブジェであっていいはずがない。観念ではなく、日常を真摯に生きる過程の中で生まれ、読むものの心に共感できる作品こそ、真の現代詩と言えるものなのだろう。

大橋政人

常民の言葉で詩を書く

大橋政人のことを、谷川俊太郎は「まど・みちおと現代詩の接点に立つ大橋さんは、常民の言葉で詩を書く難しさを知っている」と評しているが、それは大橋の詩業を大いに評価していると同時に、いま現代詩といわれているものが、一般読者から遊離し、独善と晦渋に満ちたものになっていることも暗示しているのだろう。そもそも詩を書くということは、読者に作者と同一体験をさせることである。

ぼくらは、日常を、辞書を引かなければ理解できない言葉や、哲学用語を使って生活しているのではない。日常語で詩を書くことを、忌み嫌う詩人も少なくないが、それは逆に、詩の本道を歪めていると言ってよいだろう。二〇一六年に上梓された大橋の詩集『まどさんへの質問』（思潮社）が、多くの人の賛辞を受けているのは、彼が詩人であるとともに絵本作家であり、日常語に光を当てているからである。

ワタシハ
ニンゲンデス

こういう言葉は
小学校の同窓会とか
隣組の新年会などでは使わない
村役場とか
交番で
道を訊くときにも使わない

ワタシハ
ニンゲンデス

私がそう挨拶するのは
猫にさわっているとき
卓上の花を見ているとき
かがんで蟻を見ているとき

犬の散歩で
玉蜀黍の葉っぱが
バタバタ風に
騒いでいるのを見たとき

正確には
ワタシハ
イマ
ニンゲンデス

イマ
ニンゲン
である私が
いま猫である猫に
改まって
挨拶します

（ニンゲン）

この作品、小学生でも解る易しい言葉で書かれているが、人間存在の本質に触れている深い思索の上に成り立っている作品である。「ワタシハ／ニンゲンデス」は「私たちは人間ではないのです」あるいは、「私たちは、いま人間ではなくなっているのです」の諧謔に満ちたアイロニーによる裏返しにした表現なのだ。

「頭ガアルカラ／顔モ／目モ口モ／アル／／草ヤ／木ヤ／花ニハ／頭ガナイ／／頭ガナイカラ／顔モ／目モ／口モ／ナイ

「頭」という作品の後半の部分だが、当たり前のことを当たり前に言われて、なるほどと頷かされてしまう。それは、ぼくらが日常の中に埋没している真実を、いかに見過ごしているかであろう。

長田　弘

殺さない言葉

「言葉は、きめの細かな、単純な言葉がいい」と言った詩人の長田弘が、二〇一五年五月三日に亡くなった。その四月には、半世紀に亘る詩業をまとめた『長田弘全詩集』（みすず書房）を上梓したばかりであった。胆管癌ということであるから、すでに死を予知しての出版であったのかもしれない。長田はかつて死について「先刻までいた。今はいない。ひとの一生はただそれだけだと思う」と言っているが、それは違う。なぜなら、いまぼくの貧しい書架にも、言葉に変身した長田が、確かなものとして生きているからである。そうでなければ、詩人の死ほど寂しいものはない。

長田は、一九六五年に詩集『われら新鮮な旅人』でデビューし、戦後を代表する抒情詩人として活躍した。なかでも児童向けの散文詩集『深呼吸の必要』は、詩人の著書としては珍しいロングセラーとなって話題を呼んだ。長田は前記デビュー詩集の中で「だがぼくたちである　ぼくたちは／ぼくたちをえらんだ運命を／どこまでもどうでも代表していかなきゃならないんだ／ほかの時ちがった行為を択ぶということは誰れもできない。」と言っているが、それは詩が観念や言葉のレトリックで生まれるものでなく、現実という状況の中から掘り起こされるものでなければならないということなのであろう。

言葉が死んでいた。
ひっそりと死んでいた。
気づいたときはもう死んでいた。

言葉が死んでいた。
死の際を誰も知らなかった、
いつでも言葉とは一緒だったが。

言葉が死んでいた。
想ったことすらなかったのだ、
いったい言葉が死ぬなんて。

言葉が死んでいた。

偶然ひとりでに死んだのか、
そうじゃないと誰もが知っていた。

言葉が死んでいた。
死体は事実しか語らない。
言葉は殺されていた。

言葉が死んでいた。
ふいに誰もが顔をそむけた。
身の危うさを知ったのだ。

言葉が死んでいた。
誰にもアリバイはなかった。
いつでも言葉とは一緒だったのだ。

言葉が死んでいた。
誰が言葉を殺したか？

「私だ」と名乗る誰もいなかった。

（言葉の死）

これは詩集『言葉殺人事件』の中にある作品であるが、言葉とは「いのち」であり「生」の根源でもある。そして、その言葉が封鎖され、殺されていくのがこの世の現実であろう。けれど長田は虚無にはならない。むしろ、その現実と対峙し、そこで掘り起こされた詩を、多くの市民と共有することに〝詩の本質〟を見ていたのである。「独善・無縁・晦渋」、それは現代詩に浴びせられている言葉であるが、「詩はどのような詩であろうとも、〈読者〉という共同体の連帯なしには存在できないものである」と長田は言っている。多くの似非詩人に投げかけたい言葉である。

筧　槙二

学徒出陣を自らに重ねる

いま、来年に迫った東京オリンピックを前に、新国立競技場の建設が神宮外苑ですすんでいるが、神宮の森といえば、ぼくの脳裏からけして消えることのない光景がある。雨の中を行進する「学徒出陣」の姿である。あと二年早く生まれていたら、軍国少年であったぼくの生死も分からなかっただろうが、あの学生たちの姿を、「万歳、万歳」と見送れなかった複雑な気持ちはいまでも忘れられない。

二〇〇八年に亡くなった筧槙二は、日本詩人クラブ賞、壷井繁治賞などを受賞した優れた詩人であったが、ぼくと同世代ゆえ、出陣する学徒に自分を重ねて見ていたのだろう。しかも、筧は学生野球の大ファンであった。

投手だったのだ

彼は――

頭脳的ピッチング　といふのは
たぶん　このことなのだ

彼はある限りの手榴弾をなげる
ある限りのだ

正確無比なストライク
彼の手から尾を曳いて飛ぶ炸裂

自動小銃も　火炎放射器もそして
敵の手榴弾さへも沈黙したのだ

一発の射撃に数十倍の敵方の応射
その〈お返し〉さへも沈黙したのだ

投手だったのだ

彼は――
京都・平安中学　それから
慶応大学野球部　出身
六大学野球リーグ戦の花形スターは
ある限りの手榴弾を投げ尽くして　死んだ
第七中隊　高木少尉戦死
第三小隊　全滅

（ピッチャー）

もちろん、この作品、高木少尉の経歴以外は筧槙二の創作だろうが、読む者の心にひしひしと伝わってくるものがあるのは、野球を捨て、学業を捨て、戦場に立たなければならなかった高木の心情に、筧槙二が、自分自身の青春を重ねていたからだろう。「投手だったのだ／彼は――」の繰り返しが実に巧く効果的に使われている。もう二度とボールを投げられない無念さを、ピッチングマシンに託して手榴弾を投げ続け、人を殺す。もう、そこには感情などは存在しない。人を殺す機械なのだ。敵を殺さなければ自分が殺される。それが戦争なのだ。

　これは詩集『ビルマ戦記』にある筧の代表作であろうが、筧はこんなことも書いている。彼は戦時中、英語の授業のある学校の生徒であったが、先輩たちはそれを恥じ、少年航空兵を志願して死にに行った。そこで筧は歌っているのだ。「恥のなかで生き残り　わたしが／恋なるものに遭遇したのは／戦争に敗れたあとである」と。筧槇二は、恥をかいたのであろうか。いや、無念にも奪われた多くの青春のあったことを、けして忘れてはならないと言っているのだ。

神原芳之

折りふし時代反映

「八十五歳にして最初の詩集を出すことになりました。小器晩成です。――中略――自分史の束みたいなものですが、折りふし時代を反映している面もあるので、あえて世に問うこととしました」と、あとがきにある詩集『青山記』が本多企画から上梓された。著者は神原芳之だが、これは東大名誉教授でドイツ文学者の神品芳夫の別名。沢山の著書のある偉い先生ゆえに、多分観念的で翻訳調の固い詩集かと思っていたが、実に嬉しくその思いが裏切られたと言ってよい。まさに時代を反映した「みんなの現代詩」であった。

皇国少年だった君は
ゲートルを速く巻くのが自慢で
戦闘帽すがたが勇ましかった

クラスのだれかが
親の受け売りで知ったかぶりに
日本は戦争に負けそうなのだと
言うのを聞きつけると
日本はゼッタイ負けないと反論した

大阪の中学三年生は　空襲の災害に対処する
「大阪市防衛要員」と定められていた
空襲があると　昼といわず夜といわず
責任区域で消火のために出動した
その任務が中学生の手に負えないことは
すぐにわかった
それでも君は真剣に火災に立ち向かった
その背中を一発の焼夷弾が直撃した

君は大火傷を負って病院に担ぎ込まれた
火傷は全身に広がっており

絶望的な状態だったが
うわごとを言いつつ夢の中で敵と戦い
三日三晩持ちこたえた
そして最期の時がきた
付きっ切りで世話をしている妹に
東はどっちかと聞き
ベッドの上に立ち上がって
「天皇陛下バンザイ」と叫んで絶命した

二十一世紀の日本を見たら
君は何と言って叫ぶだろう

（少年の戦死）

もちろん詩作品であるから、虚構もあるだろうが、私もこの少年と同じような生き方をしていたのでよく分かる。神原はあの忌まわしい時代を生きた者として、それを次世代に伝えようとしているのだ。神原には現実に対峙するという意味でこんな作品もある。

並木のなかの一本であること　しかも／表参道のけやき並木の一本であることを／わたしはいつ頃から意識しただろうか／／それはある年のクリスマスの頃／豆電球がいっぱいくっついた鎖が／身体じゅうに巻かれたときだった

（けやき――前半部分）

並木という多数でなく一本の木であるというけやきの認識、それは文明批評と言ってよいだろう。新しいものにすぐに飛びつく、文明の囚われ人となっている人間に対する問いかけである。豆電球がついているのがコードでなく鎖だと言っていることに、私は、神原の中に詩人を視る。

菊田　守

小動物と生きる詩人

菊田守は長い間、小動物や昆虫に関する詩を書き続けてきた詩人であるが、それらの作品を集約した『日本動物詩集』が、二〇一七年五月に文芸社の文庫版で上梓された。表紙に兎とトンボの描かれたこの可愛い詩集は、手にすると、すぐに「皆さん、わたしたちと仲良くして下さいね」と、作品の中の小さな生きものや昆虫たちが話しかけてくる。

いまは亡き、作家の伊藤桂一氏は、この詩集の序文の中で「菊田さんが小動物の詩を書くのは、小動物を材料にしているのではなく、小動物と同じ次元の中に生活していて、みまわすと身近に小動物のいる、その小動物への思いやりや、親しい呼びかけをそのまま詩にしているだけだ」と、語っているが、正にそのとおり、菊田は小動物や昆虫と一体になって、文明にいたぶられている哀しい「生」の揺らめきにひかりをあてているのだ。

庭で涼んでいると

蚊がぶーんとやってきて
わたしの胸にとまる
ちくりと一刺しして
わたしの生き血を吸っている
子孫をふやすために命がけである
この蚊、もしかして
数日前にわたしの血をすった彼女の
娘ではなかろうか
蚊の身体は血で赤黒く染まっていく
わたしの血で生まれ育ったのか、と思うと
なぜか身内のようで憎めなくて哀れである
血でふくれた蚊は
わたしの分身になって
悠然と
朝顔のある庭先へととんでいった

（分身）

ぼくは思わず「やれ打つな蝿が手を摺り足をする」という小林一茶の句を思い出してしまったが、一茶のそれが、蝿に向かい合い、それを見守るやさしさであるのに対し、菊田は己自身を、蚊の分身とまで言っているのだ。

蝉しぐれの中を歩いていると
とんできた油蝉が
ズボンの裾に
縋りつくようにとまった
手に取ると鳴かない蝉

鳴く蝉がいる分だけ
鳴かない蝉がいる
笑うひとがいる分だけ
泣く人もいた
世界の半分は
いつも

油蝉の声がいっそう
強く激しく聞こえてくる
鳴けない蝉が黙って
聞いている

（世界の半分は）

これは蝉の世界を歌っているのではない。いまもって生き続けるそれらのものを通して、菊田が自分自身の人生を問うているのだと言えるだろう。

菊地貞三

「庶民派」詩人の見方

菊地貞三が亡くなって四年経った二〇一四年に、その詩業をまとめた『菊地貞三詩集』（花神社）が、享子夫人の手によって上梓された。菊地は高田敏子が、詩誌「野火」を発刊したとき、安西均、伊藤桂一、鈴木亨らとそれを手伝ったり、高田が六年間に亘り、朝日新聞に詩と写真のコラボを連載したときの、写真の担当者でもある。

午後の電車のなかでねえ
セーラー服の女の子たち
シブヤの駅が近づいてきたら
スカートを腰でくるくるとたくしあげて
（超ミニ）にしちゃうのよ
そいで足をあげて靴下を

あのルーズソックスにはきかえる
わたしでも目をそらしちゃったわ

いいね　細いのや太いのや
なま脚に白のルーズソックス
流行はいずれやむだろうが
少女たちの足首にだぶだぶたるんで
そのくせどこかで止まってずり落ちない
あの奇妙でぶかっこうな哲学よ

——ああおれも
ルーズソックスのような詩がかきたいな
洗い晒しの白木綿の言葉で
膝小僧のすり疵なんぞも隠さずに

（ルーズソックス）

菊地の詩は社会派というより庶民派と言ってよいだろう。ルーズソックスが流行り出してから、はや二十年以上は経つ。たぶん菊地も、あのルーズソックスの少女たちの姿には辟易していた大人の一人かも知れないが、彼はこの詩の中でルーズソックスを少しも否定していない。むしろこの困ってしまう少女たちに微笑みさえ投げかけている。菊地には、世間一般の保守的な類型的思考はない。少女たちを、だめな奴だとは言わずに、むしろ現実をしっかりと捉え、自分がもっと自由な詩人でありたいとさえ願っているのだ。

その手は白く
甲にまだらのしみがある
金いろの細かい毛が生えている

蟹の肢のような指には
洒落た結婚指輪がはめられ
おそらく爪が少し尖って伸びている

その手は昨日の朝バイブルを持った
ゆうべは愛児への祝福のためペンを執った
あるいはトランプを切っていた

その手が釦を押したのだ
ヒロシマの空で
ナガサキの雲の上で
まるでホテルのベルでも押すように

（その手）

ともすれば、こういう反戦的な詩は、教条的ものや、ストレートに展開する作品が多いものだが、さすが菊地である。ここには戦争と言う言葉も、原爆という言葉も出てこない。僅かヒロシマ、ナガサキという言葉によって、読者の想像力を呼び覚ましているのだ。一九五〇年代の菊地の作品である。

北川冬彦

二行で「改札口」を表現

北川冬彦は、戦後ネオ・リアリズムを標榜し、現代詩の世界に一筋の道を示した詩人であるが、自ら創刊した詩誌「時間」の趣意書に「われわれはネオ・リアリズムの立場に立って、詩活動を開始する。およそリアリズムは現代詩の基盤をなすものであるが、同人各個の創造的エスプリによってそれに勁抜（ケイバツ）なる屈折を与え、単調なる詩のリアリズムを多様渾化（コンカ）し、行詰れる現代詩の打開進展を企画する」と書いている。当時のことなので、少々古い言葉が顔を出しているが、勁抜は、他より強くてぬきんでていることで、多様渾化は、様々に展開させていくという意味であろう。いま、現代詩は、一般読者から遊離し、言語主義に陥り、その道は暗澹たるものだが、この北川の言葉の中で、とくに瞠目したいのは、「リアリズムは現代詩の基盤をなすものである」という言葉である。それは、当然ながらモダニズムの影響を受けていながら、詩の本質、つまり人の心を動かす詩は、現実の体験の中から生まれるものであり、観念や言語主義の中から生まれるものではないということであろう。

ラッシュ・アワア

改札口で

指が　切符と一緒に切られた

詩集『検温器と花』の中にあるたった二行の作品であるが、この詩のリアリティーはどうだろう。今はよほどのローカル線でない限り、改札口はＩＣカードで通れるようになってしまったが、かつての改札口は駅員がカチカチ鋏を鳴らしながら、一人一人の切符を切っていた。私も長い間、通学、通勤と、押し合い圧し合う電車の中、混雑する駅の構内、そして、どっとなだれ込む改札口などを経験していた。この作品、実にリアルに、しかも鮮明に、その光景を巧みなイメージによって描いている。ところが、この作品、具体的な言葉で、電車の中のことも、混雑している構内のことも、なだれ込む改札口の様子なども、少しも書いてはいない。しかも、ここには言語主義派の陥っている難解さや独善的な表現などはいっさいいない。題名の〝ラッシュ・アワア〟という言葉によって、読者にラッシュ・

アワア時の混雑ぶりのイメージを喚起させ、〝改札口で／指が　切符と一緒に切られた〟というユーモラスな表現で作品をまとめているのである。これは一般的なことだが、他者に自分の書いたものを確実に伝えるには、〝起承転結〟がしっかり為されていなければというのが定説であるが、この作品では、題名の〝ラッシュ・アワア〟が、イメージによって〝起承転〟の部分を表し、あとの二行の本文が、まとめのための〝結〟を表しているのである。そして、この作品が、新しい手法を使いながら誰にでもよく解るのは、観念や言葉の遊戯から生まれたものでなく、現実の社会生活の中から、感性の鶴嘴で掘り起こされたものであるからであろう。

蔵原伸二郎

東洋思想が詩の原点

文明は文明への懐疑を持ち始めてから幾久しいが、相も変わらず留まることを知らない。その恩恵を充分に受けながら、逆に多くのものを喪失しているのが、ぼくらの日常である。その文明のもたらす不幸について、蔵原伸二郎は、彼の持つ宇宙感覚で察知していた詩人である。彼は、自然を征服するという西洋の文明に対して、自然との融和を求める東洋の思想こそ、詩の原点なのだと考えていたのである。「虚無とは思想として愛の別名である」と彼は言っているが、蔵原の詩業は、現実のもたらす喪失感を詩人の内部で、永遠に結びつけていくことでもあったのである。

冬日がてっている／いちめん／すすきの枯野に冬日がてっている／四五日前から／一匹の狐がそこにきてねむっている／狐は枯すすきと光と風が／自分の存在をかくしてくれるのを知っている／狐は光になる　影になる　そして／何万年も前からそこに在ったような／

一つの石になるつもりなのだ／おしよせる潮騒のような野分の中で／きつねは　ねむる／きつねは　ねむりながら／光になり、影になり、石になり雲になる　夢をみている／狐はもう食欲がないので／今ではこの夢ばかりみているのだ／夢はしだいにふくらんでしまって／宇宙そのものになった／すなわち／狐はもうどこにも存在しないのだ

（老いた狐）

平面的にはどこへ向かっても進化する余地のない人類文化ゆえに、狐は光になり、影になり、石になり雲になって夢をみるのだ。蔵原の詩は、現実の虚無から、永劫の未来へ発展し、宇宙そのものになる。だから狐は地上から消えてしまうのだ。

坂本越郎は、蔵原について『日本の詩歌』の解説の中で、「伸二郎は、東洋と西洋の接点にある新しい詩を構想し、宇宙感覚に基づく形而上学を形成、感性的表現として第四次元的世界像の寂寥、無、永遠を自覚し、独自の詩境を開いた」と言っているが、蔵原は死の直前の病床で、弟子の町田多加次の口述により、こんな作品を残している。

ずっと昔のこと
一匹の狐が川岸の粘土層を走っていった
それから

何万年かたったあとに
その粘土層が化石となって足跡が残った
その足跡を見ると　むかし狐が何を考えて
　走っていったのかわかる

（足跡）

この詩は、読売文学賞受賞詩集『岩魚』（詩誌「陽炎」発行所刊）には入っていないが、死後に出版された棟方志功装丁による『定本岩魚』には掲載されている。蔵原の詩人としてのテーマは「永遠」そのものであったことが窺がえる。それは、宇宙における時間と現実の時間との秩序をつくることでもあった。

黒田三郎

その普遍性と庶民性

黒田三郎の詩を読んでいると、何か自分の思いが、黒田によって歌われているのではないか、と思わされてしまうことがある。これは黒田の持っている詩の普遍性、庶民性によるものなのだろうが、それなら何故、現代詩は晦渋で独善的なのか、と逆に糾したくなってくる。

バスを待って停留所に立っていると
土砂を満載したダンプカーが
次々に疾駆してゆく
右へゆくのもあれば左にゆくのもある
東京のどこかがたえず掘り返され
東京のどこかがたえず埋められ

土砂は東京の町中を右往左往している

右往左往するのは土砂ばかりではない
何百万の人間が
右往左往している
かれらにきいてみたまえ
なぜ彼が練馬区上石神井に住まねばならないのかと
なぜ彼が台東区浅草橋に住まねばならないのかと

巨大なけやきやかしの木をめぐらし
背後に雑木林を従えた
わらぶきの農家が
まだ武蔵野には残っている
庭先に赤いスポーツカーがあったりするが
そこにはそこに住みつこうとした
無言の意志が残っている

しかしそれを告げるのは
もはや人間ではない
今では意志を持つものは
けやきやかし
ならやくぬぎである
そしてそれら意志をもつものは
日々に伐られてゆく

（日々に伐られてゆく）

この作品に難解な言葉は一つもない。けれどここに書かれているのは、巨大な文明という魔物に苛まれた東京（都会）の景色であり、文明にすべて身を委ねてしまった愚かな人類の姿であるかも知れない。黒田は、詩は難しい言葉や、レトリックに溺れることでなく、人間の真実を書くことだと言い続けてきた詩人である。十代の頃、モダニズムを標榜する北園克衛の「ｖｏｕ」に参加していたことがあるが、それは自由に思いを述べることの出来ない軍国主義時代に、詩を書くには、象徴的な理解しにくい表現によらざるを得なかったからであろう。

落ちて来たら
今度は
もっと高く
もっともっと高く
何度でも
打ち上げよう

美しい
願いごとのように

（紙風船）

詩集『もっと高く』にある作品であるが、なんと美しく、希望に満ちた作品だろう。「ねっ、だから頑張ろうね」ふと優しい黒田三郎の声が、どこからか聞こえてくるようである。

河野昌子

言葉の原点は声

詩は言葉によって創られるものだが、言葉の原点は声である。まだ言葉を知らない赤ん坊は声で自分の意思を母親に伝える。そして母親は、その声が「お乳が飲みたい」のか、「おむつが濡れている」のか、「どこか体に異変がある」のか聞き分けて対処する。いま、現代詩が難解と晦渋と独善の代名詞になって多くの人に伝わらなくなってきたのは、その言葉の原点である声に、詩人があまり耳を傾けなくなってきたからであろう。そして森羅万象から聞こえてくる声は、聴覚だけでなく、眼を通して伝わってくるものもある。声とは詩の別名なのだ。

呼ばれている！

夕食の手をとめて
うす紅色に染まった

キッチンの窓をあける
その瞬間
家の中に入ってきた夕焼け

母も立ち上がり
窓際に来て声をあげた

――まあ　なんて立派な夕焼け

空一面に広がる茜色
西の地平線は燃えるよう
建物も木々も夕映えにつつまれて

母は全部見ておきたいというように
私につかまって
身体を前に乗りだし
まあ　とくり返す

その重みが
温かく伝わってくる

（夕焼け）

河野も母親も夕焼けの奏でる声に呼ばれているのだ。「まあ　なんて立派な夕焼け」、これは夕焼けの呼び声に対する応答である。夕餉のひとときのキッチンから見た瞬時の夕焼けだが、百歳にならんとする母親の生の重みの温かさ、その感動が読む者すべてに伝わってくる。日常の羅列は詩ではないが、日常の体験を通して生まれた感動こそ、読む人の心を揺り動かす声である。

換気扇が回転しはじめると
丸い窓に変わり
外の景色が見える
けやきの枝先は間近く
空の青は深く

ひたすら回りつづけ
羽根は形を消す

　だれしもが、この換気扇の回転は見ているのだろうが、それを言葉に置き換えてはいない。「見る」ということと「視る」の違いである。回転している換気扇の中に青い空を発見する詩人の感性に拍手を送りたい。

小島禄琅

切なさわびしさ友に

詩は「癒しの文学」であると言われているが、まず人を癒すためには、自分自身の心を癒すことから始めなくてはならないだろう。小島禄琅の詩が多くの人から共感を得るのは、その「癒し」の心があるからである。小島の心にはいつも涙がある。けれど、人はいつもそれを避けようとする。だから、かえって悲しくなる。つらいとき、悲しいとき、人は思い切り泣けばいいのだ。リルケは「悲しみを浪費するな」と言っているではないか。庶民感覚で詩を書く小島はそのことをよく知っていて、切なさや侘しさをいつも友達にしている。

靴はスーパーマーケットで買った
売り場で何度も履いてみて大丈夫だと思った
前に買ったのは大き目でしまりがなかった

くるぶしに小指一本入る余裕があった
借物みたいで面白くなかった

ぴったりを買いたいと思った
時間をかけて選び満足して買った
一週間経って外出したら
一キロメートル歩いただけで足が痛んだ
靴はこれまで何度買っても不満だった
だぶつくかきゅうくつかだ
靴ばかりでなく
ぼくが人生で選んだものは
すべてだぶつくかきゅうくつかだ
しかしいったん手に入れたものは
直ぐに捨てることも換えることもできなくて、
合わぬままを我慢して使った
どうやらぼくの人生も靴同様
合わぬものを履いた足で

歩きつづけるしかないらしい
今日もぼくは妙に長ったらしい坂道をのぼっていった
足を引きずりながら自分で選び求めた痛みを従え
顔に皺を刻みながらいつもの猫背の影を連れて
人生みたいなだらだら坂をのぼっていったのだ
ぶきっちょでばかな男もいたものだ
（靴）

小島は一九三八年に吉川則比古の「日本詩壇」の同人になっており、「若草」や「蝋人形」などにも作品を発表し、また多くのプロ作家を輩出している「作家」の同人として数多くの小説も書いている。けれど家長なるがゆえに家業を継がざるを得なくなり、一九五七年に「職務と文学活動の両立が至難」と言って、一時文筆活動から遠ざかっている。ままにならぬのが人生だが、その感慨を小島はこんなふうに歌っている。

涙はめめしいものだから
ほしくはないが

その涙がやたらにほしいときがある
風のような決別の時間
感激の刹那とか
人を恋うるとき

（涙について）

ところが、一九八八年、家業が安定すると再び詩の世界に戻ってくる。ぼくは以前から、小島の庶民感覚のあるほのぼのとした作品に、一種の羨望と憧れを持っていた。彼の作品は、絵空事や観念でなく、日常の生活の中に隠されている詩の土壌を、耕すことから始まっているのだ。

小松弘愛

詩における嘘と喩

「詩的真実を書くためには、表現上の嘘なんていくらついてもいいのだよ」というようなことを、私は常日頃、詩の勉強会で言っているが、それは、詩は経験から生まれるものであっても、経験そのものの羅列は、ただたんなる日記にすぎないからである。詩は感動（詩的衝動）を、言葉に置き換え、そこに生まれてくる抽象の世界でなければならないと思う。映画や演劇は、人間世界の真実を描きながら、まったく創られた現実であって、ほんとうの現実ではない。言葉というのは、演劇でいえば、役者みたいなもので、それを巧みに使って、詩人は詩の世界を構築するのだ。

小松弘愛は、H氏賞、日本詩人クラブ賞などを受賞した優れた詩人だが、二〇一六年に上梓された詩集『眼のない手を合わせて』（花神社）に、諧謔に満ちた嘘について書いた作品がある。これは一つの詩論と言ってよいだろう。

Ｈ・Ｎさんという女性からいただいた
詩集『あかるい天気予報』を手にすると
登場人物の母が笑いながら言う
「嘘はぶんがくのはじまりよ」
が思い出される。

「嘘つきは泥棒の始まり」
これはわたしも子供のときに経験済みだが
他にも嘘を戒める諺は
各地に伝えられているという

「嘘をつくと尻に松が生える」
（岡山）
「嘘をいえば背中に松が生える」
（高知）
「嘘をいうと腹に竹が生える」
（群馬）

わたしは
H・Nさんへの返礼に
「それにしても『嘘はぶんがくのはじまりよ』はいいですね。
これからも母の教えを守り、
大いに嘘をついてよい詩を書いてください」

と万年筆で認《したた》めた

わたしは
H・Nさんに会ったことはない
どのような女性だろう
尻にも背中にも松が生え
腹には竹が生えているかもしれない

更には
「嘘をいうと偽歯が生える」

（愛媛）

こういう歯の生え方もあるので
H・Nさんに会う機会があれば
この詩人は
多くの嘘をついてきた白い偽歯を見せて
『あかるい天気予報』のように
ほほえんでくれるかもしれない

（嘘）

小松は方言詩集なども上梓している言語にはたいへん造詣の深い詩人であるが、嘘というのは、実は〝喩〟のことを言うのではないか。〝喩〟というのは、比べること、自分の感情なり思いを他のものに託すことではないか。これが詩における嘘の正体。私は北川冬彦が月に雲がかかった状態を「トラホームのようなお月さん」と言っているのに心が惹かれ、詩作の面白さに捉われたのである。

後藤基宗子

他者の痛みをともに

　東日本大震災から八年が過ぎた。先日久しぶりに福島の被災地を廻ってきたが、いまだに放射能の汚染で入れない地域が数多くあった。地震・津波による災害ももとよりだが、人災である原発事故に対する為政者の対応には憤懣やるかたのないものがある。

　「経済成長」のラッパに踊らされ、それに追随して、どこかに人の心を落としてしまった人たちにも悔しい思いで一杯である。なぜ、被災地にもっと目が向けられないのか。

　詩人たちも、震災以来多くの震災の詩を書いてきたが、その大半はテレビや、報道によって得たものを、あたかも己の体験のように書いているものが多く、哀しい限りだ。とある詩歌の団体などは応募料を取ってコンクールをしたと言うのだから呆れてしまう。

　詩人が詩人たる所以は、他者の痛みが分かることにあるのではないのか。福島在住の詩人後藤基宗子の詩集『ハグしてください』（北溟社）に、市井から拾ったこんな作品があるので紹介したい。

スーパーマーケットの一角に
大きな七夕飾りが立ててある
子どもたちが買い物に来たときに
様々な願いを短冊に書いて笹に下げて行く

「く」の字だけが一際大きい短冊
しかも「〉」と　反対に書いて
アラ　この子も左利きかしら
左利きのわたしも幼い時
よくそう書いて鉛筆を右手に持ち替えさせられたものだ

幼稚園児五・六歳位か
やっと文字を書き始めたのだろう
文字の大きさがバラバラで
一文字一文字追わないと読めない

――ほうしゃのうが　な〉なりますように　しほ

そう書いてある
次の短冊
――そとであそびたい
――みやちゃんにあえますように

他の短冊が滲んで読めない

（二〇一一年七夕）

この作品は、「くの字」が裏返しに書かれた七夕飾りの短冊を見ての作品だが、幼児の祈りにも似た気持ちが、大きな声で「原発反対」と叫ぶ以上に、ほのぼのとした温もりとなって読む者の心に伝わってくる。それは作者の後藤の詩情が、子どもと同じように、汚れてないということである。いま詩が、現代詩というエピゴーネンで、形骸化され、「心」のない作品が多くなっているが、「ほうしゃのうが　なくなりますように」、「そとであそびたい」、「みやちゃんにあえますように」という〝祈り〟や〝願い〟こそ「詩の心」ではないのか。詩は観念や概念ではない。もちろん言葉のオブジェでもない。この作品のように、市井の中に埋没されているものを掘り起こし、言葉で伝えることである。

島田陽子

子どもの詩に託して

二〇一一年に亡くなった島田陽子の遺稿集『じいさん　ばあさん――詩とうたと自伝』（編集工房ノア）が二〇一三年に上梓された。島田は一九七〇年に開催された大阪万博の「世界の国からこんにちは」の歌の作者である。現代詩人であるが、『大阪ことばあそびうた』、『金子みすゞへの旅』などの著書を持ち、広く童謡やうたの世界にも業績を残した詩人である。「子どもの詩」というと一般的に教訓的であったり、情に流されたものが多いが、さすが金子みすゞを追い求めた詩人であるだけに、島田の作品には詠嘆や感傷はみられない。

いぬ

おじいさんが

いぬを かいました
いつも へやのなかにいます
さんぽには つれていきません
ごはんも やりません
なんにも せわしないで
すきなときだけ かわいがります
ワウ ワウ
あかいはなを光らせて なきます
まるい くろい目でみつめます
おすわり
せなかをなでると
ワォーッ ワォーッ
なきながら目をとじて すわります
しばらく あそんで
おじいさんが
おなかのスイッチを おすと
いぬは うごきません

いつまでも　なかないでまっています

この作品を呼んだとき、おじいさんの「玩具」と遊ぶ姿が目にちらつき、あと何年後にくるかもしれない己の姿に慄いた。島田は詩的自叙伝の中で、詠嘆や感傷と無縁に、「批評」の錘を深く沈めた乾いた抒情を求めていたと書いているが、これほど現実に立脚した「子どもの詩」はないだろう。せなかをなでるとなく犬。スイッチを切ると動かない犬。「老い」を書いた童謡や子どもの詩は、他にもたくさんあるだろうが、大半は「おじいさんへの感謝」であったり、「おじいさんへの讃歌」である。けれど、この詩はおじいさんそのものが犬であり、犬の背後には悲しいまでの「老い」が漂っているのだ。こんな凄まじい詩があるだろうか。これをリアルないわゆる大人の現代詩で書いたとしたらどうだろう。残酷で哀れで悲しみでいっぱいになってしまうだろう。この作品はまったく金子みすゞと同じ土俵の上に立ったものと言ってよいだろう。金子みすゞは多くの人に読まれている。それはそこに「現代詩」とか「子どもの詩」とかいう垣根を取り払ったところにある「詩の真実」があるからであろう。現代詩では伝えにくい現実を、「子どもの詩」というジャンルで巧みに表現した島田の力量に、いまさらながら驚くばかりである。

新川和江

伝わる言葉で書く

先日、神戸のとある居酒屋で同席の新聞記者と、現代詩について語っていた時、突然その店の女将が「わたし新川和江の詩がとても好きなんです」と言うので驚いた。

「どうしてなの」と聞くと「だって、わたしのように、学のない人間が読んでも、よく解るし、行間からほのぼのとしたものが滲み出てくるんですもの」と言う。「そうだね、詩は詩人が自分の思いを他者に届けるものだから、伝わらなくてはならないよね」とぼくは応えたが、これこそ難解・無縁・独善の代名詞とさえなっている現代詩への一般読者からの提言ではないかと思った。新川は十代からその知性に支えられた抒情詩を書き続け、数々の受賞を得ている日本を代表する詩人であるが、その過程では、詩の正道とも言える抒情を貫くことに、ずいぶんと悔しい思いもあったと言う。その新川の詩集『千度呼べば』が二〇一三年に新潮社から上梓されている。ハードカバーではあるが、新書版のコンパクトな恋の抒情詩集である。

千万の花には
千万の蜜蜂
けれど
ひとりのわたしには
ただひとりの　あなた

（名）

「詩」は「喩」であると言われているが、この巧みに言葉に置き換えられた新川和江の「惚気」には参ってしまう。居酒屋の女将が魅せられてしまうのもよく分かる。だれにでも解る言葉で書きながら、技巧を感じさせないテクニックが新川の詩には、随所に鏤められている。

苺を
食べています
あなたとは

苺は　たべなかった
とおもいながら
ひとつぶひとつぶ
スプーンでつぶして
苺を
食べています

（五月ひとり）

この作品もそうであるが、「あなたとはたべなかった」と言うアイロニー的表現が、かえってあなたを失った悲しみと寂しさを伝えている。しかも行間に描かれているのは、失ったゆえにかえって、確かなものとして、実在する愛の姿である。喪失は有を生むということなのだろうか。

思いは深く、誰にでも解る言葉で詩を書くことは難しい。が、その詩業を続けてきたのが新川和江だろう。集中、詩人が不幸になったのは、「えらい先生が詩は批評でなけりゃいけないなんておっしゃった日からよ」と、新川は言う。

詩を書くことが、詩人の声を、他者に伝えるためにあるのだという当たり前のことが、当たり前になる詩界であって欲しいものである。

杉野紳江

日常で「死」を語る

詩には温もりがなければならないと思うが、その温もりそのものを、日々の生活の中から拾い上げた詩集『古本屋の女房』が、二〇一五年に土曜美術社出版販売から上梓された。著者は、かつてＩＬＯ職員として、数年に亘り海外生活をしていた詩人の杉野紳江であるが、いまは古書店のお女将さんに納まり、ご主人と実に仲良く、睦まじく暮らしている。

愛し愛されて　嫁いだの
笑顔が素敵　古本屋
目黒銀座の　中程の
杉野書店に　お越しやす

（古本屋の女房）

「生活を書くのは詩ではない」と言う詩人も少なくないが、これらお惚気とも言える日常語で書かれた作品の多くに、ついつい引き込まされてしまうのは、「幸せ」が観念でもなければ信条でもなく、「生活」そのものであるからであろう。詩集は三章に分かれていて、一章には自分史的なもの、二章は海外生活での体験、三章は古本屋の女房になってからの生活が書かれている。

小さい頃　死ぬのが怖かった
それで　決めた
大きくなったら
死なない薬を　発明しようと

大きくなったら
それは　無理だと
分かった
みんな　死んでいくんだと

でも　山中教授がノーベル賞とった研究
iPS細胞を活用すれば
何百年も生きる
人間が出てくるかもしれない

死ぬことは
今でも　少し怖い
でも　果たして私は　何百年も
生きたいのだろうか

もう少し
早く　休みたい気もする
あなたは　どうですか
死なない薬が　欲しいですか

（死なない薬）

このユーモラスな作品、小学生でも分かる日常語で書かれていて、レトリックなど、どこにも窺がうことはできない。けれど、それでいて読む人の心を捉えて離さないのは、そこに「生」と「死」の本質が描かれているからであろう。いままで、多くの詩人たちが、「死」や、「生」や、「愛」などについて詩作品を書いているが、それらはほとんど観念であり、想像の世界である。けれど、杉野は子どもの時、思った「死の恐怖」を、「死なない薬」に発展させ、その感性をいま以って存続させている。集中「人間が生まれてくる時、母の胎内にいち早く出来るのが間脳」だと杉野は言っているが、「私は問う／何故　自分が生を授かったのか？　間脳の中のもう一人の自分が／知っているに違いない（間脳）」とも言っている。

杉山平一

世界を言葉により発見

詩は〝喩〟であると言われているが、その意味を少し勘違いしている詩人も少なくない。「なんとかのなんとか」というように、言葉に隠喩や直喩を被せさえすれば「詩」になるのだと思っているのだろうか。どだい、レトリックというのは、言葉に着物を着せることであり、言葉を豊かにすることではあるが、それが的確なものならいざ知らず、逆に言葉の持つ広がりや温もりを奪い去り、訳の分からぬ独善的な作品になってしまうこともあるので、注意しなくてはならない。

二〇一二年に、九十七歳でこの世を去った杉山平一は、「四季」派の最後の詩人であったが、「ことば」という作品の中で「ものの名前は本来AとかB同様の符号にすぎないが、それにことばをつけることによって人間の仲間になり、世界はことばによって、発見されつづける」と言っている。つまり、杉山流に言えば、詩は「喩」の発見にあると言うことなのだろう。

毛布はあたゝかい
そんなことはない
あたゝかいのは
あなたです

ダイヤモンドは
光るのではない
光を反射するだけだ

あたゝかいのは
あなたのいのち
あなたのこゝろ

冷たい石も
冷たい人も
あなたが
あたゝかくするのだ

（反射）

ここにはいわゆる暗喩とか直喩とかのありふれた技法は使われていない。けれど言葉に置き換えられた「詩」そのものが、読む者の心に迫ってくる。杉山が日常の中から発見した〝喩〟が詩となって話しかけてくる。しかも優れた〝喩〟には、現代詩に浴びせかけられている「難解・無縁・独善」というようなものは少しもない。コミュニケーションの手段としての言葉（符号）に、ことばが絡み合うことにより、いのちある〝喩〟（詩）の誕生となっているのである。

町の中にポケット
たくさんある

建物の黒い影
横丁の路地裏

そこへ手を突っ込むと
手にふれてくる
なつかしいもの

忘れていたもの

（ポケット）

このわずか十一行の作品に書かれているもの、それは失われていく町であり、温もりであり、人情である。そしてそれは、現代詩という名のもとに忘れ去られようとしている、言葉本来の鼓動ではあるまいか。

関根　弘

矛盾発見の武器アイロニー

二〇一五年の「詩と思想」の新年会で、㈳日本詩人クラブの元会長清水茂氏は、「集団的自衛権、特定秘密保護法、憲法改悪へと走り、再び戦渦をも起こしかねない為政者に対して、言葉に携わる詩人は、それにどのように対峙していかなければならないか」、と挨拶をされたが、このことについて、ぼくは二つの問題点を考えさせられた。その一つはもちろん詩人の意識や姿勢の問題であろうが、もう一つは、詩作の上での方法論である。ただ反対、反対ではたんなる掛け声に終わり、人の心を揺り動かすことは難しい。詩は人の心に突き刺さるものでなければならない。

現代詩は〝喩〟であると言われているが、こういう社会問題は、ついナマの叫びや、主張や論説になりがちである。そんな思いの中で、ふと頭の中に蘇ってきたのは、詩人関根弘の書いた「行ってみたことのない海に」という巧みなアイロニーによって書かれた作品である。

1

行ってみたことのない海に事件が起きた
しらない港に魚がついた
その魚にみえない毒があるとしらされた
喰べるのをやめた

2

朝　飛行機がくる
昼…
夜…

家がこわれる
家が焼ける
わたしはみていた
わたしはわたしの家の焼けるのをおそれた
わたしは空だのみした

やけた…

3

雨がふった
雨のなかにみえない毒がある
濡れないわけにはいかない…
果物が熟れた
果物のなかに毒があるとしらされた
喰べないわけにいかない…

4

わたしは雨に濡れ
魚を喰べ
果物を喰べた
——まだ　大丈夫だ
そうだ　諸君　まだ　大丈夫だ！

この作品は一九五四年に太平洋中西部、マーシャル諸島北西部の環礁ビキニで、米国が核実験を強行し、日本のマグロ漁船第五福竜丸が被爆したとき書かれたものであるが、関根はここで戦争の不条理や、原水爆に対する怒りや憤りを直接ぶつけてはいない。「空襲で焼けていくわたしの家をみている」という状況を書くだけで、戦争の空しさと悔しさを描き、(それが戦争への抗議)、しかも、それでもさらに核実験を行う米国、それに同調している為政者をも告発しているのだ。「――まだ　大丈夫／そうだ　諸君　まだ　大丈夫」と相反する言葉、矛盾する言葉を使うことによって、逆に深く真実を伝えようとしているのだ。「毒があっても喰べないわけにはいかない不条理」、それは多くの国民が負うものである。アイロニーは修辞学的には皮肉、風刺、諧謔、ひやかす、ふざけるなどと言われているが、傷ついた精神が、対象から自己を切り離し、一定の距離を確保しょうとするとき生まれる矛盾に満ちた表現である。いまぼくらは多くの矛盾の中に生きている。その矛盾を摘発することは詩人の大きな仕事である。アイロニーはその摘発の方法としてたいへん優れた言葉の武器と言ってよいだろう。

相馬　大

淀みない「言霊」

生前、祇園祭のときなど、京都御所の櫓の上で観衆の前で、解説などもしていた相馬大は、一〇八篇の短詩を集めた詩集『ものに影』を残して二〇一一年にこの世から去っていった。彼は、詩は「言霊」であるとよく言っていたが、詩を読んで感動するということは、詩人の発した言霊が、読者に澱みなく伝わることである。

野

はげまし
あって
みんなで

枯れて
ゆく

俳句の十七音より少ない凝縮された詩句の中に、描かれているのは、哀しく切ない人生の終焉である。「野」という題名がイメージとして作品を展開させているのだが、読者はまず、枯れ草（すすきなど）を想定し、それと人生を重ね合わせて、この詩を心の中に取り入れることだろう。そして哀しいから励ましあい、寂しいから温めあわなければならないと思うだろう。この作品が切ない情景を表しているのに、少しもじめじめとした暗さがないのは、詩人の持つ言葉のぬくもりが、読む者の心にしみじみと伝わっていくからであろう。この詩に、難解さがあるだろうか。言葉が詩を創るのではなく、言霊が言葉に乗り移って、じかに読む者に話しかけてくる。詩とは本来そういうものだろう。

歳月

ベレーを
ぬぐと

そこにかなしみが
あった

ベレー帽を被っているのは一般的に画家や文人に多く見られるが、相馬大もおそらく常用していたのであろう。俳人中村草田男の句に〝木の葉髪文芸ながく欺きぬ〟という名句があるが、この作品もながく文芸に携わって来た者の感慨が、「歳月」という言葉を通して胸の奥にまで伝わってくる。前出の「野」も、この作品も、題名と本文が一体となり、言霊を揺り動かし、詩を醸し出しているのだ。

下駄

ながく
忘れていた
音が
あるいて
いった

これは下駄だけではない。文明にさいなまれ、失われていった多くのものへの相馬の懐かしさ、愛おしさであろう。それは「もの」だけではない、過去に、われわれの心の底に存在していたすべての温もりであると言えよう。

一年

ことしの
賀状から
喪の
一枚ずつを
ぬく

相馬大も、ぼくの賀状の中から消えていった。けれど、彼の人生から生まれた詩集『ものに影』は、いまもぼくの机上から消えることはない。

高田敏子

生活の中にある感動

　高田敏子が、朝日新聞家庭欄に、毎週写真付きの詩を連載し、「お母さん詩人」「台所詩人」と呼ばれ、一世を風靡したのも、ついこの間のようである。それだけ高田の詩は一般の人に読まれ、親しまれていたと言ってよいだろう。二〇一三年十二月、ご息女の久冨純江さんが「母の詩は、生きていく知恵をそれとなく教えてくれます」と言ってまとめた高田の詩業『暮らしの中の詩』が、河出書房新社から上梓された。詩とエッセーで綴られた高田の「日々に輝く言葉」のエッセンスである。帯び文で「詩を書くことは、ていねいに生きることなのだと、胸が熱くなりました」と、俵万智は言っているが、本の中から、高田の詩が蝶のように舞い上がってくる。

歩きはじめたばかりの坊やは
歩くことで　しあわせ

歌を覚えたての子どもは
うたうことで　しあわせ

ミシンを習いたての娘は
ミシンをまわすだけでしあわせ

そんな身近なしあわせを
忘れがちなおとなたち
でも　こころの傷を
なおしてくれるのは
これら　小さな
小さな　しあわせ

（しあわせ）

この詩について、「私たちの毎日は、顔を洗い、ご飯を食べ、人に接し、仕事をし、それが当たり前になって過ぎていますけど、その行動の一つ一つを思うとき、そこに生の証があります」と、高田は言っている。生きているということは、自己の展開そのものが、花のように「生」の展開そのものになっていることである。「幸せ」というのは「生」の歓びをいうのだ。高田は、なんでもない、ごく普通のものの中に、新鮮なよろこび、感動を持つところに詩の存在があると言っている。

男は毎朝
カミソリでひげをそる
そのとき女は
包丁で野菜を刻んでいる
お互いに刃物を使いながら
刃物を感じないでいる

幸福な朝！

（朝）

日常の中から平易な言葉で詩を掘り起こす、そこが高田の詩人として優れたところであるが、高田のもっと大きな功績は一九六六年に創刊した詩誌「野火」（一四一号で終刊）によって、いま活躍している多くの詩人を、この世に輩出したことだろう。

高橋紀子

悲しみを浪費せず生きる

二〇一一年に詩集『埋火』で、埼玉詩人賞を受賞した高橋紀子の新詩集『蛍火』が、二〇一六年上梓された。高橋の詩が、なんの外連味なく、温もりのある言葉で、読者に伝わってくるのは、作品が高橋の真実の体験から生まれたものであるからであろう。高橋は悲しみを浪費せず、人生の辛酸を嘗めながら、生きているのだ。

てのひらに握りしめても
指の狭間からすりぬける
なんという軽さよ

インド　チョール・バザールの地に
風に舞いあがっては舞いおりる

あなたは
すでに異国の人
形をとどめずに浮遊する人

鼻腔を駆けのぼる骨の
焦げた臭いの向こうに
ひしめいているものたちよ
逝ってしまった人を追いかけるには
どうしたらいい

痩せた牛のあばら骨
ただれた皮膚の犬
一日中蹲っている素足の男
路地に吹き寄せられる生ゴミや糞尿
執拗な物乞いの眼
それらの
騒音と臭いが混ざり合ったカオスに

踏みこまなければならないのか

あなたは輪廻転生を信じた
活気溢れるバザールで再び
商いが出来る事を願った

故郷をすてた男は
のびやかに声を発し
空を飛び交い
なにものにもすがることなく
ただ　ただ　白くまぶしい

さあ
広大無辺の世界へ向かって舞い上がれ
かろやかに　さらに　かろやかに

（散骨）

骨というより灰になってしまった命の軽さ、それはかつてのあなたではなく、無辺世界を浮遊する宇宙の塵芥にすぎないのかという切なさが、じわじわっと伝わってくる。けれど、この作品にじめじめした感傷が感じられないのは、登場してくる「あなた」が、離婚した夫であるからであろう。これは挽歌というより、かつての夫への追悼詩と言ってよいだろう。高橋は死についてこんな作品も書いている。

雨に打たれた紅葉は／己の重さよりも／はるかに速い速度で／落ちつづける／／つじつまの合わない人生／思い知らされて／追い詰められた魂が／帰りつくところ／甘く匂う　土よ／／おまえに繋ぎとめられ／おまえに育まれ／おまえから芽吹く明日を／いま一度／差し出されると信じている／／あと　わずか／ほんの　わずか／待っていてほしい／／わたしの名前を記した杭が／おまえのざらついた胸に／うちこまれるそのときまで

（土）

歳を重ねるにつれ人はだれでも死を考えるものだが、所詮、人は空に還るか、土に還っていくものなのだろう。

竹下義雄

元警察官の温もりの詩

詩人と呼ばれる人の中にはさまざまな職業に従事した人、いろいろな経歴を持つ人が多いが、自分を殺し、個の感情を抑え、公的に生きなければならない警察官で、真摯に詩に取り組んでいる詩人はほとんどいないだろう。しかも、元警視庁の警察官で、叙勲を受けた優秀な警視であったと言うのだから驚く。どだい詩人というのは、根は純粋であっても、自我が強く、世間から見れば食み出し者が多いというのが定説である。

けれど、そのお堅い交番の巡査の「情」によって、詩人竹下義雄の人生も、詩人としての出発も始まったというのだから面白い。詩とはある意味で「情」によって触発されるものなのだろう。

呼び止められた
だしぬけの交番前

「坊や、片っ方だけどこれあげる」

素足も凍り
合わない歯根
失語症になった僕は
もらった手袋を
あかがりの手にはめる

宇宙が十一歳を包む
はじめて知った人の情

僕の中の羅針盤は
このとき
一つの進路を目指した

（片っ方の手袋）

交番の巡査の「情」によって、警察官になった竹下であるが、受けた「情」は竹下の中で大きな温もりとなって生き続けた。この温もりこそが竹下の「詩」となったのである。
二〇一三年に東方社から上梓した第二詩集『刑事の唄』にこんな作品がある。

泣きたいときには
夜っぴとい
枕を濡らすもよし

ことよせるコップが
「とき」を忘れた
屋台店で
今日をこぼすもよし

知らない者同士
自分をさらし
傷を嘗め合う

そんな

盛り場の夜は
わびしいが

あしたが来れば
きっと
陽は差してくる

（陽は昇る）

「陽は差してくる」とは希望への呼び掛けであり、竹下の少年時代に受けた「片っ方の手袋」の温もりでもあるのだろう。詩は人生ではないが、人生の温かい触れ合いから生まれるものなのだろう。

壺阪輝代

箸で母の生き方歌う

ぼくら日本人が生まれていちばん最初に習うのは箸使いであろうか。まず生きるための方法を、親から学ぶということであるが、箸使いはたんなる食文化の基本であるというだけではない。自分のいのちを育む方法を子が親から学ぶということである。

ふんわりと
掌があたたかくなる
心待ちにしていたものが
やっとかえってきた…

そんな風情で
母は八角箸を握っている

こんなにも手に馴染む箸は初めてだ
とつぶやきながら…

裏山でうぐいすが鳴いている
近くの草むらから馬おい虫の鳴き声が届く
季節はずれの贈り物が
ふるさとの食卓の味つけを深くする

いま
母から受け継いだ料理を
皿に盛る
はじめての味のように
うなづきながら舌つづみを打っている

母よ
今まで持ちにくい箸もあっただろう
食したくない味も出てきただろう

家族のために
ただそれだけをよりどころとして
箸をもちつづけた人生

限りなく円に近づきつつ
それでいて八つの角で矜恃を
保っている
「母」という八角箸よ
明日あたり梅雨があけるみたい

（八角箸）

これは、箸を通して母の生き方を歌ったものである。どだい男の生活というものは、横に広がり、女の生活は立てに繋がるものであろう。祖母から母へ、そして母から娘へと。「箸を持ちつづけた人生」とは女の歴史でもある。この詩の作者壺阪輝代は、箸を描きながら、実は「母の一生」を書いているのだ。

「箸から箸へ／渡されていく想い／生者と死者が／より添う別れの儀式／／ああ　見返しながら／遠ざかっていく母の後ろ姿／十二月の大気の中へ／わたしは背伸びして／さらに

母の骨を差し出す／天空から伸びて来る箸先に／涙のからんだ骨を渡す」

箸渡しは火葬にした死者の骨を拾い上げるときの箸遣いのことであるが、詩人は涙しながらも情に流されることはない。そして「人生の終止符は箸によって打たれる」ことを知る。箸の詩人壺阪輝代は「箸に始まって、箸に終わるのが人生なのだ」と言っている。

鳥見迅彦

山は生きる希望

二〇一七年、「共謀罪」法が、「中間報告」と呼ばれる異例の手続きを経て成立した。代々の自民党政権ですら、見送っていた法で、これによって日本の刑法体系は大きく変容するだろう。そんなとき、かつて卒業試験の最中に、特高警察に検挙され、拷問を受けた「山の詩人」鳥見迅彦を思いだす。彼は言っている。「わたしは暗い留置場の中で、いつも広々とあかるい山野を夢見ました。山、そこは手足を思いきりのばすことのできる場所です。太陽や風や樹木や小鳥や花や、留置場には無いものがすべて有る場所です。そして自由という最高の幸福がある場所です」この心の底から迸る彼の言葉は、その暴行と凌辱から受ける一生涯忘れることのない傷跡なのだ。そして彼は言っている。「人間が人間をはずかしめる。そんな恥ずかしいことを人間はするんです」と。

彼は釈放されたのち、詩集『かくれみち』を上梓する。

けものどもはおれの死体のにおいをかぎ
シャツの端をくわえてひきさき
あばらのあたりに
ぐさりと爪をかけるだろう
黒い鳥がおりてきて
おれの目玉をついばむだろう
虫けらたちがやってきて
おれの足のうらをかけあがるだろう

引返さなければおれは殺される
だれもしらないこんなところで
おれは殺される

けものみちのどんづまり
木洩日はうすらわらいをうかべ
ひからびてころがっているけものの糞は
たしかにおれをあわれんでいる

けものどもは木や草のかげにかくれてこっちをみているにちがいない

（けものみち）

この詩集は第六回H氏賞を受賞し、当時話題になった詩集であるが、いま、もういちど、繙いて読むべき詩集であろう。それは、かつての鳥見の時代が、眼の前に迫ってきているからである。この詩集について鳥見は、「詩集『けものみち』という題名は、わたしのつもりでは、深い山の奥にある、けもののひそかな踏み跡という字義ばかりでなくて、奇怪にゆがんだ人間の行路を暗示する隠喩でありました。人間は人間のみちを踏みはずして、けものみちをさまよっているという意味をこめたのです」と言っている。彼は、釈放後やっとの思いで、毎夕新聞の記者という職を得るが、留置場で受けた傷は癒されるものではない。そのノイローゼぎみの彼を癒してくれたのは、同僚の誘ってくれた正丸峠の初登山であった。それは彼の新しい出発となった。けれど彼の山の詩は、自然への讃歌でもなければ、自然への感動でもない。

彼は山を歩くときは、ただひたすらに歩く。瞑想すると行動が鈍くなるからだと言う。彼の山はむしろ、すべてが奪われ、拷問、暴力、凌辱の中で、生きる希望としてあった心の山ではなかったかと、ぼくは思うのである。

巴 希多

真摯に生きてこそ

宮澤賢治は野に生き、農民を包もう包もうとした詩人であるが、けっきょく農民にはなれなかった人である。賢治は「はたけや森の中で、ひどいぼろぼろのきものが、いちばんすばらしいびろうどや羅紗や、宝石いりのきものに、かわっているのをたびたび見ました」と農民を賛美しているが、はたしてそうであろうか。たしかに賢治は農民の幸せを考え、野に生きた人であるが、農民が自分の野良着を「ぼろやビロード」などと思うだろうか。農に生きるとは畑や作物と一体となることであり、これはすべての生活人にも言えることだが、詩は観念や思いやりから生まれるものでなく、己の生きる過程の中、生きることから生まれるものだろう。

畑が燃えている
炎天から火の粉を落とされて

火の粉を被りながら
わたし
茫茫のくさを抜いていく

身体から
雨垂れのように滴る汗は
野良着が絞れるほどびしょ濡れになる

凍らせたペットボトルの水を
干涸びた植物になり切って
一気に
飲み干した

誰だろう
わたしに命の水を与えてくれるのは
ふと

そんな気がした
命が繋がって
収穫をする
オクラ
シシトウ
ナスに
トマト

めら
めら
わたしの命が
焚き上がる

（盛夏）

この作品は埼玉県在住の女性詩人のものだが、一貫して流れているのは、土と一体となって生きる歓びの唄である。わたしは「干涸びた植物になり切り」、土（畑）は「命の水を与えてくれる」のだ。この作品には取り立てた技法もレトリックも見当たらない。けれど、作者の躍動感がひしひし伝わってくるのは、詩が観念や「現代詩というエピゴーネン」に囚われたものでなく、作者の生活の中から生まれたものであるからであろう。「日常を書くのは詩ではない」などという似非詩人も少なくないが、真摯に生きる過程の中から掘り起こされたものこそ読む人の心を揺り動かすものなのだ。

中井ひさ子

詩を同一体験として伝える

詩を書くということは、自己の詩的衝動なり、詩的体験を、同一体験として、他者に伝えることにあるのだが、あいも変わらず、独善的、観念的な作品が後をたたない。けれど、だからと言って、あったこと、経験した事実を、連綿と書き続けるのは記録や日記に過ぎないものであろう。ところが、演劇の舞台は、日常の生活や、現実の社会、人間模様を演じながらも、それは現実ではなく創られた舞台という非現実の世界である。けれど、われわれは、その再現された日常や現実、その創られた非日常の舞台に強い感動や共感を覚えるものである。詩における現実というのも同じであって、一度得た現実をいったん放棄し、〝喩〟として、再構築された現実でなければならないはずである。

二〇一六年に、土曜美術社出版販売から上梓された中井ひさ子詩集『渡邊坂』には、こんな楽しい作品がある。

台所の片隅から
蓋つきの甕が出てきた
うすく積もったほこりを払う

蓋を開けると
甲高い声が飛び出した

入れるものがないのなら
考えなしに買うんじゃない
空っぽの寂しさは
骨身にしみているくせに

何とかせんと
こんなことしていたらあかん
あんたの
流し台での独り言
いやというほど聞かされた

なのに
どうして
あんたは甕の気持ちに
しらんぷり

その上
台所の隅っこは
けっこう冷たい風が吹く
甲高い声は止まらない

次の日
この甕しゃべります　と
三千円で売りにだした

（甕）

どこの家の台所の流しの下にも見られる光景だが、この甕との会話は、意味が深い。「入れるものがないのなら／考えなしに買うんじゃない／空っぽの寂しさは／骨身にしみているくせに」これは作者だけではない。生きとし生けるものすべてが感じる寂しさである。甕の味わう寂しさが、読者にも詩的同一体験として見事に伝わってくる。そして、この作品、「現代詩、現代詩」というエピゴーネンに踊らせられることなく、主婦の日常体験を、分かりやすい日常語で書きながら、「この甕しゃべります　と／三千円で売りにだした」と諧謔に満ちた新しい手法で、作品を閉めているのが面白い。近頃、詩論や手法を先行させせて、〝詩〟そのものを置き去りにしている詩人も少なくはないが、詩の方法とは、自分の詩をどのように他者に伝えるかによって、考えられるものなのだろう。

西岡光秋

己への挽歌

「詩は青春の文学である」とも言われているが、二〇一三年、土曜美術社出版販売から上梓された西岡光秋の十一冊目の詩集『老女のボン』は、「人ひとりの歴史は／柱時計の／ボン／ボン／であるのか」と如実に老いの心境を描いた心懐かしい詩集である。西岡は「㈳日本詩人クラブ」や、「㈳波の会日本歌曲振興会」の会長などを歴任し、幅広く詩界で活躍した文人肌の詩人である。

さようなら
あの世へ別れ行くものの
さようなら
この世に残るものの
さようなら

（さようなら）

この詩集は、自分の母、義母、幾人もの親しい詩友への挽歌で構成されているが、実はそれだけではない。自分自身の過ぎ去った時間への挽歌でもあるのだ。

物のゆくえを
ときに考えることがある
少年の夢を詰め込んで
夜汽車に揺られたトランク
乏しい家計のなかから
母が買ってくれた
合成皮革のカバン
月給取りになって十年目
小道具屋で仕入れた手提金庫
峠の上の分校へ通ったころの自転車
みんなみんなどこかへ行ってしまって
でも　あれら物たちを
いつも見守っていた鍵たちは

いったいどこへ行ってしまったのだろう

心の鍵をガシャリと開く
遠い日の物たちのゆくえを
それから
去っていった青春の日
壮年の日を覗く
茫漠の無情の展望を
手をかざして見つめる

（鍵）

行ってしまったのは物でなく、それを見守っていた「鍵」つまり自分自身なのだ。西岡はあとがきの中で、この詩集は「小説にたとえると、私小説分野に相当する〈私小説〉に託して万感の思い」をまとめたものだと言う。けれど、この混沌とした世相や、この荒れ果てた時代に生きる多くの人には、かえって、私小説的なこのような詩人の声が必要なのではあるまいか。大岡信は「肉声に対して恥を感じるというくせは現代詩がもった悲しむべき病」と言っているが、いま現代詩が一般読者から見放されているのは、詩が観念で作られ、独善的で、詩人の声が内に潜んでいないからであろう。

引っぱると
何者をも恐れなかった若さが戻るというのか
明るい未来の待っていることを
ひたすら信じつづけた
弾んだ胸の鼓動のきこえる
あのころが帰ってくるというのか

妻とぼくは
無心に紙袋のしわをのばしている
のばしてものばしても
のびきらないしわをのばしている

（紙袋）

人生とは「柱時計のボン」であり、人の還るところは、のばしてものばしてものびきらない、紙袋のしわを伸ばすことであるかもしれない。

林　嗣夫

日常語の中に存在する深い認識

二〇一六年の第四十九回日本詩人クラブ賞に、林嗣夫詩集『そのようにして』（ふたば工房）が決定したことは、詩界はもとより、多くの詩の読者にとっても、大きな喜びである。近頃、現代詩現代詩という掛け声で、詩そのものが観念的、かつ独善的なものになり、一般読者から遊離されるようなものになっているが、平易な日常語の中に深い認識と経験を溶け込ませ、温もりのある詩を書き続けてきた林の詩業には、大きな拍手を送りたい。

これまで
どこにいるのか分からなかった神様が
最近わたしのところにも
遊びにきてくれる

たとえば座椅子をすこし後ろに倒して
目薬など差していると
そばに立って
そのしぐさを不思議そうに眺める
見なくていいものばかり見てきたせいだよ、
とわたし

きょうは目薬を刺し終わると
神様はすぐに
ティッシュペーパーの箱から一枚抜き取って
わたしの目を拭ってくれた

（ティッシュペーパー）

屋久島の詩人山尾三省の詩を思わせるような作品であるが、実は作者によると、この神は、お孫さんとのことだが、まさか孫と言ったら作品にならないから神にしたとのことである。けれど、読んでみるとこれはやっぱり神である。ただ、神は日常のいたる処に蹲っているのに、ぼくらが、それを見ていない、認識していないということなのだ。

クエを一匹　持ってきてくれた人がいた
わたしはお返しに
畑で育てた大根と里芋をさしあげた
きょう一日は
それだけだった

しかし
それだけだった、ということが
なぜかうれしい
「それ」が
くっきりとした美しいかたちをとっているし
「それ」以外の
庭に出て落ち葉を掃いたり
咲きはじめた水仙の前にしゃがんだり
冬日の差し込む部屋で
ただ無為に過した時間が

いつにもまして
濃い光につつまれているのだった

さかなをもらって
かわりに畑のものをあげる
太古の昔からつづけられたであろう
この聖なる営みを
しずかにことほぐ一日だった

（ある一日）

「それだけだった、ということが／なぜかうれしい」と作者は言う。もちろん幸福論について論ずれば、それは一冊や二冊の本になるだろう。けれど幸せはそんな大それたものではない。だれしもの足元に転がっているものなのだ。詩人の松尾静明氏は、林嗣夫の詩について「詩を説かないで詩を説いでいる」と評している。

半澤義郎

悲しみがわかる異端者

詩を書くことは生きることである。しかし、ぼくらは生きていく過程の中で、生存していかなければならないという厄介な問題を抱えている。その厄介な問題をより摩擦なく過ごすためには、社会秩序へ順応することであるが、順応という意味では、詩人は一般市民よりそれにあまり囚われない。社会的には弱者であっても、その詩精神は個性的で自由でありたいと思っているからだろう。すでに戦後は七十年をはるかに越えているが、あの廃墟と化した東京で、詩人が生きていくのは並大抵のことではなかったはずである。ぼくの先輩詩人であった半澤義郎は、その戦後の焼け跡時代に、着流しで、ヤッパ（匕首）をふところに夜の街を闊歩する風船半次と名乗る銀座のやくざであった。彼を知ったのは、詩誌「光線」の主宰者である泉沢浩志を介してであったが、足を洗った彼は、「これがやくざだったのか」と首を傾げるほど、心の優しい詩人であった。それは、地獄を生き抜いてきた人間だからこそ持つことのできる優しさなのかも知れない。彼は一九七六年、相模川河口、馬入川の橋上から入水、五十四歳の生涯を終えたが、詩集『心に涙ある日の歌』の中にある「夜の女」を唄った詩の数篇は強く心に残るものである。

散ることを忘れてしまった花
悲哀は神だけが知ってゐる花

昼だって　夜のやうな
世の中に
君たちの笑ひを誰が笑ふことが出来るか

夜の銀座で
花のやうに売られてゐる花
せめて
花は花のやうに売られよ！

僕は黄昏の銀座を
パンの為に歩いてゐた

（花の歌）

すると
パンを売る者がゐた
が　やはりそれも
パンの為に売ってゐるのであった

（黄昏の歌）

詩人半澤義郎は異端者であるがゆえに、心の底から人の哀しみがわかる人間であった。夜の女（街娼）を社会福祉家や、宗教家のように頭で理解するのでなく、心の底から、愛そのもので受け止めているのである。現代社会は理解するまえに愛することを拒んでしまうが、詩人はまず愛することによってすべてのものを理解しているのだ。

「夜の銀座で／花のように売られてゐる花／せめて／花は、花のように売られよ！」引用詩の売春婦への優しさは、彼がまったく売春婦と同じ次元に立っていることにある。それは「黄昏の歌」からもよく分かる。

やくざの世界に半身を漬け、その半身は透明なやさしさに生きた半澤の生涯はまさしく詩人であった。彼は「哀歌」という作品の中で街娼のことを「ルージュをぬったマリアさま」と唄っている。詩人が詩人たるところは、人の哀しみを己のものと感じるところにあるのではなかろうか。

松尾静明

言葉で想像力を喚起

組曲『ヒロシマ』の作者ゆうきあいは、詩人の松尾静明のことである。松尾は、詩集『都会の畑』で、第三十四回㈳日本詩人クラブ賞や、小熊秀雄賞、富田砕花賞などを受賞した優れた現代詩の書き手であるが、ヒロシマの悲劇を、より多くの人たちに届けるために、音楽家と一つになって、歌曲のためのこの作品を書いているのだ。

みらい　と名づけた
生まれて六ヶ月で　逝ったおんなの子
はだしで白い砂浜を走り
草いきれの中を転び
野茨の白い花に　清らかなものを想い
誰かと出会って

ということもなく

ついに　ことばを覚えなかった　みらい
笑いは覚えた　みらい
怒りは覚えなかった　みらい
ひとのかたちをして　ひとにはなれなかった　みらい

初めての血　を怖れるということもなく
おんなのかたちをして　女になれなかった　みらい

みらい
いまここに　ちいさく横たわっている
もの　のような

みらい
我々を　はげしく　不安にさせ
怖れさせ

ひざまづかせる

みらい
時間の流れなど持たなかったのに
たしかにここに名づけられて
みらい

（みらい）

なんと悲しく、しかも心に染みとおってくる作品だろう。「笑いは覚えたが、怒りは覚えなかった」「ひとのかたちをして　ひとになれなかった」、なんと切なく空しいことだろう。けれど、作者はここで原爆の悲惨さを語ることも、ストレートに怒りを表すこともない。すべて残酷さや、悔しさを透明な言葉に転化させ、読者の想像力によって「詩」を喚起させているのだ。これが詩の力というものなのだろう。そして、作者は「さあ」という作品の中で

ぼくの体を抱きしめてくれる腕は　どこ?
ぼくの目をのぞきこんでくれる瞳はどこ?

ぼくのひたいにキスしてくれる唇はどこ？
ぼくのいたずらを叱ってくれる声は　どこ？
ぼくが森で迷わないように導いてくれる学問は　どこ？

さあ
もっともっと　ぼくたちから奪うがいい

この反語的アイロニーこそ、平和への願いであり、非人道的な原爆への怒りである。そのヒロシマに原爆が投下された八月六日がまた、やってくる。

八木幹夫

易しい言葉で深い内容

言葉というのは本来生きものなのだから、それを巧みに使えば、さまざまな様相をみせてくれるはずなのに、これがまた困ったもので、その「生きもの」をレトリックという奴で雁字搦めにして、「これが現代詩です」と言われても当惑するのは読者そのものである。もちろん詩人には詩を作るという創作の喜びがあるのだろうが、それ以上に自分の詩的衝動なり感動を他者に共感させたいという思いがあるはずである。芝居の舞台が観客と一体になることにより成立するように、詩もまた読者に伝わってこそ成立するものである。ぼくは、よい詩に触れられたとき、かならずと言っていいほど「やられた」と思ってしまう。それは、自己が捉えることのできなかった詩を他者によって掘り起こされてしまった羨望に近いものだが、八木幹夫は、そんな思いを、ぼくに抱かせてくれる詩人の一人である。

きのう

父さんと肥え桶をかついで畑までいった
こいつはいいぞ　日照りがあと二、三日も続けば
来週あたりは立派なやつができる

夜更け
ふすまの向こうで声がする
マツシタのかぶがぐんぐんのびてるんだって
いや　トヨタのかぶの方ができがいいそうだよ
ぼくの中で勢いよく育つかぶは
マツシタもトヨタもきっと追い越すだろう
明日の朝
母さんはあの塩っ辛い
糟味噌漬けを
食卓に出してくれるだろう
どっさりと
（父さん、母さんが生きていた時代のことさ）

『野菜畑のソクラテス』より（かぶ）

ユーモラスに書かれた「かぶ」の話だが、その底に流れている批評精神は、マッシタやトヨタのかぶよりも、ぼくの中で勢いよく育っているかぶこそ大切なものだと言っている。それは、母さんの食卓に出してくれる糠味噌漬けであり、卓袱台の温もりと言ってよいだろう。物質文明に苛まれた現代社会に生きる人たちへのメッセージなのだ。この作品の中で難解という言葉は一つもない。取り立てたレトリックも、技法も感じられない。強いて言うならば、日本語特有の同音異義語を巧みに使った八木の手腕の確かさと言ってよいだろう。

たしかに
あの時
ぼくは
くっきりと
存在していたのだ

夏の
太陽が

頭上にあって

『身体詩抄』（かげ）

短い作品ではあるが、不確かな自己の存在を影によって視るという、人間存在の本質を示唆しているものである。ぼくらは、他者の何かによってしか、自己の存在を証明することができないのかと、深く考えさせられてしまう作品である。

安水稔和

隣の隣は隣　神戸わが街

阪神・淡路大震災から二十四年、神戸大空襲から七十四年、そのたくさんの命の記録を書き続け、語り継いできた詩人の詩文集『隣の隣は隣　神戸わが街』が、二〇一六年、関西の出版社、編集工房ノアから上梓された。著者は安水稔和、関西を代表する詩人である。震災を生きてきたというとおかしな表現になるが、安水自身も、安水の文学も、まさに震災とともに歩んできたものであろう。著者にとってこの詩文集は『春よめぐれ』、『十年歌』、『届く言葉』、『焼野の草びら』に次ぐ六百数十ページに及ぶ五冊目の詩文集になるが、ぼくが瞠目したのは、「長田　三度目の春」のなかに書かれていた「でも」という作品である。

忘れられないことばかり。

でも。

忘れないといけないことばかり。
でも。

忘れかけているんです。
わたし。

忘れられかけているんです。
わたしたち。

　この作品は、阪神・淡路大震災の後、三年後に書かれたものであるが、被災者にとって、あの恐怖と震災による苦しみは、すべて忘れたいものであろう。けれど、それは裏返せば、どうしても忘れてはならない、貴重な体験でもあるのだ。そして、それは、ヒロシマ・ナガサキの惨事にも言えることであるし、あの忌まわしい第二次世界大戦にも言えることなのだ。この作品の優れているところは、自己の震災という体験を、人生すべてに当てはまる普遍的な真実にしているところにあると言えるだろう。しかも、深い人生の意味を内包しながら、言葉に晦渋さなどは微塵もない。安水は、震災の詩が「十年経ち、二十年経ち、五十年経って読み取れるかどうか。異常な状態のなかの異常な心理が、平静な状態のなか

の平静な心に移行していったとき、状況や状態に支配されない詩の言葉になって、他者に伝わっていくかどうか、わたし自身考えてみたい」というようなことを言っているが、つまり詩は、時間や事実を超えて、存在するものでなければならない、ということなのだろう。

葉が茂る
風に揺れる。

どうしてうれしくなるのだろう
それだけで。

「ふしぎ」というたった二行二連の作品だが、これは震災で、沢山の命が失われた後、切実に感じたとき、生まれた作品だと作者は言っているが、葉が茂るということは「樹が生きている」ということで、葉が揺れることは、「生命の躍動感」を目の当りにしたということなのだろう。作者は別のもう一つの「ふしぎ」という作品で、「木を見る。／なぜか　かなしい。／なぜか　うれしい。／／人を見る。／やはり　かなしい。／やはり　うれしい」と歌っているが、これも生きる悦びと、哀しみを短い言葉の中に歌い上げた作品である。

山尾三省

日常にカミを見る

山尾三省については、かつて東日本大震災の後、埼玉新聞の「私はこう考える」欄に「文明と山尾三省の遺言」と題して、彼の現代文明と平和についての見解を紹介したが、今回は三省の詩業そのものについて、触れたいと思う。

まず野に生き、祈りに生きた詩人と言えば、宮澤賢治と山尾三省の二人を思い浮かべるが、一部の哲学者や宗教家、その透明さに惹かれる僅かな作家や詩人たちを除けば、三省はあまり読まれていないというのが現状だろう。賢治は「永久の未完成これ完成である」と言って菩薩道を求めた詩人であるが、三省の祈りは「永遠の青い海　それは　わたしである」と本人が言っているように、森羅万象の中にカミをみつけ、それと一体となることであった。彼はインド巡礼の後、屋久島の縄文杉に呼ばれ、自分自身をも自然の一部として、屋久島で生涯を終えた祈りの詩人である。

桃の花

桃の花が五分ほどに咲いてきた
桃の花を見ていると
自然に
赤ちゃんをだっこしているような　やさしい気持になってくる

桃源郷というのは
地上のどこかにある　不思議な郷ではなく
じつはその　やさしい気持のことであったろう

桃の花を見て　やさしい気持になって
その気持で
また　桃の花をみる

そうしていると
桃の花も　こちらも

お互いに深まりあって　ずんずんやさしくなって
そこが　この世の桃源郷　なのであった

そう気づいてみると
桃の花が咲いているところであれば
そこはどこでも　桃源郷で
桃源郷はいつでも存在していることが　了解されるのだった

詩集『祈り』より

宗教学者の鎌田東二は「カミは在るものであり、ホトケは成るものである」と分類し、「カミとは自然界や霊的世界の『神聖エネルギー』であり、ホトケはある人間が厳しい修行の果てに悟りを開いてホトケと成った者である」と説明している。賢治の「雨ニモ負ケズ」や、童話「よだかの星」はまさしく菩薩道を書いたものだが、カミというのはこの桃源郷のように、人の心が、その存在に触れることによって現れてくるものなのだろう。例えば、それは若葉の緑であったり、小さな菫の花の微笑みであったり、天頂の碧さであったり、人の心のやさしさであるかもしれない。たしかに、三省のカミは特定の神を指すものではない。われわれが過す日常の中に存在するものなのだ。彼は詩集『親和力』の中で、次のように歌っている。

この世の千差万別の仕事場の中に
自分の仕事という　場所を持つ
自分である場所
場を持つ人は　神を持つ人である

（場所）

山本みち子

体験から生まれる抒情

山本みち子は、高田敏子の「野火」から出発した詩人であるが、その抒情はたんなる抒情ではない。小野十三郎は、「抒情を詠嘆や感傷と同一に考えない理由は、抒情をその基盤で支えているものの性質が決して一定不変ではなく、それらは変革し得るものだということを知っているからである」と言っているが、それは詩人が対峙する現実によって抒情の質が変わっていくということであろうか。どだい、感動が心の動きである以上、詩の本質は抒情によるものである。山本には既に八冊の詩集があるが、二〇一一年に丸山薫賞を受賞した『夕焼け買い』の中で山本は、自分の詩作の動機について、「前の大戦の記憶を辛うじて留める世代として、長崎への原爆投下を幼い日に焼き付けた者として、家庭という細やかな宇宙をひたすら守り続けてきた平凡な女として、死を覚悟せねばならぬ病と対峙した弱い人間として、親を介護し看取った者として、そして、いずれ訪れる日への心支度をうながされる年代として、いま何かに背を押される感覚があります」と、言っている。

これは、詩が観念や言葉遊戯から生まれるものでなく、自己の体験の中から生まれるものでなければ、人の心を動かすことはできない、ということなのだろう。

おさな子のように無防備なひとを　あらう
まるく前かがみに腰かけるひとを　あらう
すべてを脱ぎすて皮膚の内まで透けて見えるひとを　あらう
それでも　うすい胸のあたりを両手で包むひとを　あらう
わたしにたっぷりの乳をふくませたところを　あらう
わたしを厳しくたしなめたところを　あらう
わたしを背負い戦火の街を走りぬけたところを　あらう
わたしを十月十日あたため育んだところを　あらう

たよりなく佇むひとを　あらう
微笑んではうなづくだけのひとを　あらう
ひとり何処かへ歩きはじめたひとを　あらう
先立った人たちと楽しげに語るひとを　あらう
うつくしいひとを　あらう

八十九年の歳月を　あらう

（あらう）

この作品はかつて山本を慈しみ、育んでくれた母を歌ったものであるが、「母」という一語も、「ありがとう」という母親への感謝の言葉も、作品の中にないのが見事である。月並みな「母を歌う」と言う感傷など少しも見られないのだ。むしろ、事実を事実として見る即物的な手法で、母を超えた一人の女の一生を書いていると言ってよいだろう。そして「あらう、あらう、あらう、あらう…」という畳み掛けるようなリズムによって生じる「喩」によって、深い母への思いが、読む者の心に伝わってくる。山本は、それらすべてを「うつくしいひとを　あらう」で言い尽くし、「八十九年の歳月を　あらう」で締めくくっている。

王 秀 英

体験から言葉を選ぶ

王秀英（ワンスヨン）は韓国でも著名な詩人である。高麗王の末裔という家柄もさることながら、韓国文学賞や、海外文学賞、韓国の国民的詩人李相和を記念した尚火詩人賞、尹東柱文学賞など、数々のビックな賞を受賞している。詩集十冊、長編小説八冊、エッセイ集三冊、翻訳書二十冊、日本語の詩集四冊、エッセイ集も三冊というのだから、ほんとうにその活躍ぶりには眼をみはるものがある。韓国の婦人雑誌の駐日特派員として来日したのが、きっかけで、日本に住んでしまったという詩人である。その秀英がいつもぼくに、「わたし日本語のボキャブラリーが乏しいから、なかなかいい詩が書けない」と言うのだが、実はそうではない。逆に、秀英の詩は、ボキャブラリーが乏しいゆえに、かえって自分の生活体験の中から、的確に言葉を選び、その行間に「詩」を漂わせているのだ。

祖国とか母国とかという
言葉について考えてみた

ことがありますか

祖国を離れて異国に暮らす人々は
韓国を祖国という人もいるし
母国という人もいます

しかし言葉は
祖国語とはいわないで
母国語といいます

言葉は祖先が教えるのではなく
母が教えるからです

なのに母がいても
母国語を知らない
子どもがいます

その子どもは
母がいても
孤児です

母をなくしても
母国語を話せる
子どもがいます

この子どもは
孤児ではないのです

子どもを産んだから
母ではなく
母国語を教えてこそ
母なのです

（孤児）

この作品の中に難しい言葉があるだろうか。語彙という意味から言えば、小学校三年生程度のものだろう。かつて大日本帝国は、韓半島（朝鮮）を植民地化し、多くの罪悪を重ねてきたが、その一つに挙げられるのが、民族の言葉を奪ったことにあるだろう。ぼくらは言葉によって思考し、言葉によって生活しているのだが、言葉を失うということは国を失うのと同じことなのだ。母であるのに、その母国語を伝えられない母親の悲しみはどんなものなのだろう。この作品はその悲しみの深さ、言葉の重たさを、日常使われている平易な言葉で見事に書き現わしている。詩は語彙で書くものではない。むしろ、詩人の心の中に蠢く声を、的確に自分の言葉に置き換え、他者に伝えることである。

これは現代詩を標榜する詩人の中に多いのだが、哲学用語や学術用語を並べたて、読者を煙に巻くような作品も少なくない。けれど、詩は観念から生まれるものでなく、経験から生まれるものである。

いま王秀英は韓国と日本の二つの国に生きているが、それは一つの国に生きられない切なさでもある。この『孤児』という作品の言葉の底には、それが隠されていて、読む者の心に深く突き刺さってくる。

あとがき

数年前になるだろうか。当時、埼玉新聞の文化部長だったS氏と居酒屋で呑んでいた時、「詩は、もっともっと一般読者に伝わるものでなければならないのに、どうして新聞、雑誌等に掲載されている詩は、一般読者に理解されないような作品が多いのだろう」という素朴な質問を受けた。

確かに現代詩は、一部のお偉い先生によって、「難解」や「無縁」、「独善」の代名詞に晒された。それは、芸術思潮が、時代に先行するものとはいえ、感動を言葉に置き換えたものが詩であるという本質を忘れ、言葉の遊戯や、言葉から意味を剥奪するというモダニズムの概念がそうさせた所以であるだろう。芸術における「現代」は「CONTEMPORARY」だが、「CON」は一緒にの意味であるから、詩人も一般読者とともに「同時代」というより「共に時代を生きる」人間として、歩くべきではないだろうか。

それは演劇の舞台が、観客との一体感によって成立するのと同じで、詩もまた読者との共感の上に成り立つということである。

そんなことで、S氏から新聞紙上に一般読者が楽しく理解出来、伝わっていく詩を紹介して欲しいという依頼があり、二〇一三年から二〇一七年まで「みんなの現代詩」として、月一回、「埼玉新聞」紙上に連載したものである。

ちなみに選んだ詩人の大半が、私との関わりや触れあいのあった方々であり、著名な詩人もいれば、無名と言っていい詩人も何人かいる。また、上記連載に何名かの詩人を加え、年月その他、若干の訂正を行い、この本の上梓にこぎつけた。

終わりにではあるが、書架の隅に積んであったこの原稿を、米寿の記念に、一冊に纏めてくれた、東方社社主浅野浩氏には、心より礼を述べたい。

中原道夫

著者略歴

中原道夫（なかはら みちお）

1931年、埼玉県所沢市生まれ。

埼玉文芸家集団代表、日本ペンクラブ、日本文藝家協会に所属。日本詩人クラブ、日本現代詩人会会員。日本詩歌文学館評議員。東京板橋詩人連盟会長、同文化国際交流財団理事。劇団「文化座」サポーターズ理事など。

詩集に『日本現代詩文庫Ⅰ中原道夫詩集』の他14冊、詩論集『現代詩、されど詩の心を』など、4冊。小説に『野球先生』、『野人投手物語』などがある。詩誌『漪』編集発行人。埼玉文芸賞（正賞）、与謝蕪村賞など受賞。また、埼玉の文化勲章とも言われる埼玉文化賞を芸術部門で受賞している。

みんなの現代詩

2019年10月14日　初版第1刷発行

著　者　中原道夫
発行者　浅野　浩
発行所　株式会社 東方社
〒358-0011　入間市下藤沢1279-87
電話・FAX　(04) 2964-5436
印刷・製本　株式会社 興学社

ISBN978-4-909775-04-7　C0095　¥2000E

©Michio NAKAHARA 2019　Printed in Japan

【epoch叢書】

ひとつの時代、ひとつの季節を生きる時、それまでとは異なった特徴ある一時期に新境地を開き、象徴的な季節を生きる中で、自己の内面を記録し、さまざまな形式に築き上げ、纏めたものを一定の形式に沿って上梓する。